文芸社セレクション

ヒメリンゴとダマスクローズ

霜月 恵

文芸社

目次

1　プロローグ

とある異世界のとある国。

この国では年に一度、神が性別に関係なく十六歳以上の者の中から花嫁を選ぶ儀式が行われている。

これを花摘みの儀式という。


天界におわす神々は、既婚であっても重婚は有り、同性婚もありその全てがおられる。ただし、神々は儀式では一人しか選ぶことはできない。

花摘みの儀式において神に選ばれた者は、神により神格を賜り、新たな神となれる。


教室に響く、チョークの音。

ふあぁ。と生欠伸が出た。

午後の眠たくなる時間、必死に睡魔とヒメリンゴは戦っていた。羽根ペンをもって、なんとかノートをとるが、生真面目で厳しいカポック先生の授業はヒメリンゴとすこぶる相性が悪かった。

睡魔に負ける数秒前。

（あぁ…もう眠い。早く終われ）

「では次の文章を…ヒメリンゴさん。読んでください」

カポック先生と相性が悪い。いつも居眠りしているところを見つかってしまうからだ。ヒメリンゴはこっくりこっくりと船を漕ぐ。

当てられたことに気が付くはずもなく。

「こらっ！　あなたはまた居眠りですか！」

教室に先生の怒号が響き渡る。

「わわっ！　ごめんなさい！」

ヒメリンゴは慌てて立ち上がり、教科書を急いでめくった。

教室の緊張感が解かれたように、どっと沸いた。

「八十五ページだよ」と小声で教えてくれたのは、隣の席のブーゲンビリアだった。

「ごめん、ありがとう」

ヒメリンゴはブーゲンビリアに手を合わせた。ブーゲンビリアはにこりと微笑んだ。

終業のベルが鳴り、カポック先生が退室するとヒメリンゴは机の上にだらりと倒れた。

「私、カポック先生の授業めちゃくちゃ眠くなるんだよねー」

「あら、ヒメリンゴは他の先生の授業でも寝てしまうじゃない？」

「違うよ、ブーゲンビリア！　毎回は寝てない…たまに寝るけど」

ヒメリンゴはあまり勉強が得意な方ではなかった。

「私には座学より実地学習の方が性に合ってるんだよ」

「確かにヒメリンゴは実地学習ならとっても優秀だものね。何かに秀でることは羨ましいわ。私は平凡だもの」

ブーゲンビリアは少し悲しそうな顔をしていた。

彼女は良くも悪くも、平凡で地味なことにコンプレックスを抱いていた。

ブーゲンビリアの赤紫色やヒメリンゴの白い髪は、この世界では特に珍しくもない色だ。

見た目も、中身も平凡で花がないとブーゲンビリアは思っていた。


「平凡の何がいけないの？　ブーゲンビリアは私よりも勉強できるじゃないの」

「…それも、そうね」ブーゲンビリアが微笑んだ。

「即答か！」

ヒメリンゴはブーゲンビリアが笑顔になって、ほっとした。

ブーゲンビリアがコンプレックスに葛藤しているのを知っているからこそ、ヒメリンゴは彼女の力になりたいと思っていた。

「ヒメリンゴ！　ブーゲンビリア！」

二人が話していると、グロリオサが興奮気味に加わってきた。

グロリオサは二人の親友で、真っ赤な髪に毛先だけが黄色の派手な出で立ちをしている。

「グロリオサ！　どうしたの？」

「学校が終わったら、町の広場に行かないか？　ロサ・ダマスケナが来ているみたいなんだ」

「本当に？　行きたい！」ヒメリンゴ達は声を合わせて喜んだ。

「憧れのダマスクローズ！　見たい！」

「高貴な薔薇族の方ですものね、なかなかお目にかかれないわ」

「じゃあ決まりだな、終わったら行ってみよう！」

ロサ・ダマスケナ。

通称　ダマスクローズは数ある花の一族の中で、国の支配権を握る薔薇族の若き女王である。その美しさ、優雅な立ち振る舞いから民衆の憧れの存在として君臨する。
普段は彼女の城がある王都から出ることはなく、ヒメリンゴ達の住む南西の田舎町ブゲットまで訪れることはなかった。

授業が終わり、三人は一目散に広場へと走り出す。

ダマスクローズの人気ぶりは大変なもので、噂を聞きつけた人々で田舎町の広場は祭りのようにごった返していた。

「わっ！　すごい人でいっぱいじゃない？」

「ヒメリンゴ、グロリオサ、はぐれないように一緒に行きましょう」

「そうだな」

ブーゲンビリアがヒメリンゴの手を掴み、グロリオサがブーゲンビリアを引っ張って行った。グロリオサが少しずつ前へ進み、その後ろで手を引かれながらブーゲンビリアが申し訳なさそうについていく。

なんとか見える位置に着いた頃、ブーゲンビリアはヒメリンゴがいなくなっていることに気が付いた。

「グロリオサ！　どうしよう！　ヒメリンゴとはぐれたわ」

「えっ！　今から後ろには戻れないよ、終わるまでヒメリンゴは探しにいけないぞ」グロリオサは大きなため息をつく。

二人の後ろには、ギリギリまで人が迫っている、ヒメリンゴを探しに行くことは不可能だった。

「ヒメリンゴ、大丈夫かしら」

ブーゲンビリアは心配そうに後ろを見回した。

二人とはぐれたヒメリンゴは、人ごみに流されながら一番前の列まで来てしまっていた。

（ヤバい。はぐれちゃったよ）

周りではダマスクローズの登場を、今か今かと待っている。

広場の熱気は最高潮だ。

（でもなんで、急にこんな田舎に来たんだろう。あとで教会のみんなにも教えてあげなくちゃ）

そして誰かが「ロサ・ダマスケナだ！」と声を上げると、わぁーっと歓声が上がった。

ダマスクローズがゆっくりと広場の中心へと歩いてくる。

すらりと伸びた長い手足、長く綺麗な髪は美しい薄薔薇色で、彼女が歩く度に薔薇の芳しい香りが漂ってくるようだ。

（すごい…なんて綺麗なんだろう）

ダマスクローズが広場の中心に着いたとき、再びおおきな歓声が上がった。

「ごきげんよう、ブゲットの皆様。このたびは急な来訪にも関わらずお集まりいただき、感謝致します」

ダマスクローズは一礼した後、笑顔で挨拶をした。

最前列の一人が「今日は何故ここへ来てくれたのですか？」と尋ねるとダマスクローズは満面の笑みで答えた。

「今日は皆様に儀式の前のご挨拶に参りました。

私、ロサ・ダマスケナは誇り高き薔薇の血族として、最高神アヴァロン様に選んでいただき、必ずや神格を手に入れ薔薇の血族の気高い優美さを証明します」

会場に割れんばかりの歓声が起きた。

「かつてこの国を支配していた、百合の血族は今となっては聖職者気取りの没落貴族。神殺しを徹底的に排除し、薔薇の栄光とこの国の栄華を永遠のものとするために。私が神格を手にした暁にはこの国の発展のために尽力致します」

再び大きな歓声が起きた。広場がビリビリと反響するくらい、会場の熱気は最高潮に達した。ダマスクローズは止まぬ歓声に笑顔で答え、去っていった。

ヒメリンゴは何故わざわざ、こんな田舎に挨拶という名目で宣言をしにきたのか、その理由を考えていた。

（どういう意味があったんだろう…百合族を排除するって言ってたし、なんか怖いかも…）

ヒメリンゴはダマスクローズの高らかな宣言の他に不穏な言葉を思い返していた。

この町にいる百合族はヒメリンゴとも関わりがあるからである。

広場から人混みが解消されていくと、ブーゲンビリア達はようやくヒメリンゴの姿を見つけた。

「ヒメリンゴ！　もう、なんで手を放しちゃったの！」

「ごめん、ブーゲンビリア。人がすごくて」

「ヒメリンゴにはぐれるなってことが無理だぞ、前にも同じようなことがあったし」

「だから、ごめんって」

ヒメリンゴは二人を拝むように、何度も頭を下げた。

「いいわ」とブーゲンビリアは微笑んで、ヒメリンゴの頭を撫でた。

その様子を見ていたグロリオサが「甘いな」とぼやいてため息を一つついた。

「素敵な方だったわね！　美しくて優雅で、薔薇の女王と呼ばれる方なだけあるわ」

ブーゲンビリアはさっきの事を嬉しそうに語りだした。

「確かに綺麗な方だった、でも…」

ブーゲンビリアと反対に二人の表情は微妙だった。

「どうしたの？　二人とも？」

「自分から言い出したのに、こんなことを言うのはどうかと思うが…少し、イメージと違うというか…」

喜ぶブーゲンビリアに引け目を感じているのか、グロリオサは言葉に迷っていた。

「私は、ちょっと怖いなって思ったよ」

ヒメリンゴは思っていることを、そのまま言うことにした。

ブーゲンビリアはそんなことで、気を悪くはしないはずだ。その発言にグロリオサも頷く。

「ダマスクローズはどうしてここで宣言なんてしたんだろう…」

「それは、この町に百合族の末裔がいるからだと思うな」

「なんで、薔薇族って百合族をそこまで恨むの？」

ヒメリンゴの素っ頓狂な言葉に二人は顔を見合わせた。

「やだ、ヒメリンゴったら、学校の歴史の授業で習ったじゃない。グロリオサも知っているわよね？」

「勿論」グロリオサは首を大きく縦にふった。

「だってさ…カポック先生の授業は相性悪いんだよー」

ブーゲンビリアがヒメリンゴを憐れんでいるような瞳で見ている。

「…ちょ、ちょっと二人ともそんなこの子かわいそうって風に見ないで…」

「結構、常識だぞ」

「じゃあ今度、学校で復習ね」

ブーゲンビリアたちが満面の笑みで教科書を持って、自分の前に仁王立ちしている姿をヒメリンゴは想像した。

2　薔薇と百合

かつてこの国を支配していたのは、代々儀式の司祭を受け持っていた百合の血族だった。

百合族は薔薇族と同様に高貴な身分で、見目麗しく端正な容姿な者が多く、何人もの花嫁を出す名家だったのもあって人々の憧れの的であった。

二つの血族は互いにどちらが優秀で高貴な血族であるかを、水面下で争っていた。

争いは次第に激化し、如何にして多くの花嫁を出すか、そして最高神の花嫁となり神格化するかが両一族の宿願であった。

九十八年前、水面下で争っていた二つの血族に悲劇が起きた。

百合族はオニユリ、薔薇族はブラックローズの代であった時に事件は起きた。

当時、両一族の当主は男性であった、二人とも見目麗しく、凛々しく共に国で一、二を争う美男で。面食いで知られる最高神・女神フローレは迷いに迷った挙句、儀式にてオニユリを選ぶと決めていた。

それを知った薔薇族は阻止しようと画策した、ブラックローズがオニユリに成りすましフローレの寵愛を拒否してしまったのだ。

最高神の寵愛を拒否したとフローレは激昂し、百合族の持つこの国の支配権と儀式司祭の役割を取り上げ、それを薔薇族に渡したという。

オニユリは冤罪だと必死に訴えたが、支配権を手に入れた薔薇族にも、天界の神々にも取り合ってもらえなかった。

オニユリは酷く悲しみ、薔薇族への憎しみを募らせ彼はブラックローズを殺すことにした。


「全ての憎しみの権化を絶たねば…我ら百合族に罪を着せ、奪いつくした忌まわしき黒薔薇を許してはならぬ」

オニユリは周りの制止を振り切り、自身の代わりにフローレの夫となったブラックローズを殺害した。

ブラックローズは最高神の夫、フローレは怒り狂いオニユリを処刑するように民衆を煽った。百合族の声は届かず、民衆はフローレの言葉を受けてオニユリを神殺しとして処刑した。

それから現在まで薔薇族の支配は続いており、薔薇族の当主となれば民衆に絶大な影響力を及ぼすものとなっている。

その一方で百合族は忌まわしき神殺しの血族として各地に離散、わずかに生き延びた百合の末裔達はひっそりと隠れるように暮らしている。

今も大半の民衆にその意識は残っており、百合族の末裔たちは肩身の狭い思いをしていた。


二人と別れたヒメリンゴは家へ帰る途中に、教会に寄っていくことにした。

町の外れにある灰色の屋根の小さな教会は、非公式のため誰も寄り付かないが稀にヒメリンゴ達のような来訪者も訪れる。

何故非公式なのかというと、この教会は百合族の末裔が修道女をしているからである。

「おーい、カサブランカ！」

教会の重厚な扉を開けると、そこには二人のシスターがいる。

ヒメリンゴよりも少し年上で、上品な女性がカサブランカ。

もう一人の恰幅の良い老婆はヤマユリだ。

ヒメリンゴが声をかけると、カサブランカが振り返った。

百合族の末裔のカサブランカは、ダマスクローズと対等に渡り合えるほどの美しさを持っていた。透き通るような白い髪を一つに束ね、立ち姿は凛としている。

ダマスクローズが優雅な美しさというのなら、カサブランカは清楚でたおやかな人物である。ヤマユリはカサブランカの世話役のような存在で代々百合族に仕えてきた。

「ヒメリンゴ！　ここは教会だ、静かにおし！」

ヒメリンゴにとってヤマユリはお目付け役だった。

ヒメリンゴが教会で大きな声を出すと、間髪入れずにヤマユリに叱りつけられてしまう。

「まあまあ、いいじゃないのヤマユリ、ヒメリンゴはこの教会に来てくれる数少ない子なのだから」

カサブランカは二人のやり取りを微笑ましく見ている。

「お嬢様は寛容過ぎます、ヒメリンゴがつけあがるばかりですよ」

「うるさいなー、ヤマユリの婆こそちょっと寛容になった方がいいんじゃないの？」

「この生意気な小娘が！　減らず口ばかり言いおって」

「まあまあ、元気でいいじゃないの」

収拾がつかなくなる前にカサブランカは、二人のやり取りを静止するように割ってはいった。

「ところで、今日は何か用があったのではないの？」

ヒメリンゴは我に返り、自分がここに来た本当の目的を思い出した。

「今日、ダマスクローズがブゲットに来たんだ」

「…広場が騒がしかったのはそれね」

カサブランカはダマスクローズの名を聞くなり、顔色が変わった。

「今年は三十年ぶりに最高神アヴァロン様が、儀式にお出でになるそうだもの、彼女も気合いが入っているのだわ」

「…薔薇族め、最高神の権能欲しさに先代はあえて降嫁させず機会を窺っていたのです。なんて狡猾な…美しさならお嬢様の方が…」

ヤマユリは薔薇族の打算に怒りをあらわにした。

「…ヤマユリ、ヒメリンゴの前でそれは止めて、薔薇と百合の因果なんて全然面白くないわよ」

ヤマユリもカサブランカも薔薇族の話となると、顔が強張る。

滅多に怒ることのないカサブランカも、今日は少し厳しい顔で話していた。

因果について申し訳程度の知識でしかないヒメリンゴにも、薔薇と百合の因果関係の複雑さを察することが出来た。

「やっぱり、薔薇族と揉めてるんだね」

「今は…冷戦状態よ。私たち百合族が薔薇族に濡れ衣を着せられたことも事実だし、それによりオニユリ様がブラックローズを殺した過去を消せない、その罪で百合族の末裔たちは苦しい生活を余儀なくされてきた。何十年経った今でも、私達は差別をされて息を潜めて暮らし続けているのに、まだ詫びたりないとでも言いたいのね、彼女たちは」

「カサブランカ…」

「…私達は、ただ静かに暮らしたい、争いなんてしたくないの」

カサブランカの辛そうな表情がヒメリンゴの心に焼き付いた。

ヤマユリがカサブランカに寄り添うように、彼女の背中を摩る、ヤマユリの顔もまた悲壮をうかべていた。

「ごめん…　悲しませるつもりはなかった…」

ヒメリンゴは自分の行動の軽率さに反省し、頭を下げた。

人の表情から悲しみや怒り悔しさ、色々な感情が伝わってくるのを感じたからだ。

「ヒメリンゴ　謝らないでちょうだい、あなたは私達に知らせに来てくれたのでしょう?」

カサブランカは優しい、そして強い。

いつも自分よりも他人の気持ちを優先してしまう、ヒメリンゴはそんな彼女が大好きだった。

「いつも色々教えてくれて、ありがとう」

「…私の方がカサブランカに教えてもらうばっかりなのに」

「ふふ、ヒメリンゴったら珍しく殊勝なことを言うのね」

「まあ、たまにはね…」

ヤマユリが扉を開け、ヒメリンゴを見送る。

振り返ったヒメリンゴにカサブランカは優しく微笑み返した。

扉が閉まり二人だけになると、カサブランカは深くため息をついた。

「…今年の花摘みの儀式、ダマスクローズは最高神の花嫁に何が何でもなりたいはずよ。先代女王の成せなかった神の権能を手に入れること、そして今度こそ完膚なきまでに百合族を消すことこれは薔薇族の悲願ですもの」

「一般的には降嫁すれば、神格を得て、権能を賜れるとされていますが、実際のところ権能を与えられる神は一握り程しかおられない」

「最高神程の権能でなくては、散り散りになったとはいえ国中に隠れ潜む百合族を抹殺なんてできないでしょう」

「わざわざ国外れで宣戦布告したのは、我らにではありますまい」

「王都やその付近なら薔薇族の信頼は絶大、ここは非公式の教会が立っているほどの寛容な町よ、とは言っても殆どの人が百合族に偏見があるのだけれど、民意を集めるならここでしょう。一番クーデターが起こりうる可能性があるのだから」

カサブランカは祭壇の前で祈りを捧げ、十字架をじっとみつめた。

「お嬢様？」カサブランカがしばらく見つめたままだったので、ヤマユリが声をかけると「…最高神様はとてもご聡明な方、彼女の本質に気づいてくださるはずです。どうかオニユリ様のような悲劇が起きませんように…」

カサブランカは再び祈りを捧げるのだった。

3　神の気まぐれ

翌日、ブゲットの町はダマスクローズと儀式のことで町中が沸いていた。

ヒメリンゴは学校へ向かう途中でも、教室に入ってもその話を聞かされて、うんざりしていた。

今年十六歳を迎えるヒメリンゴ達も儀式において花嫁の候補である。

(みんな儀式の何が良いんだか…私にはわかんないんだよなー)

窓際に頬杖をついて、外を眺めていると、ブーゲンビリアがヒメリンゴの様子を気にして声をかけた。

「ヒメリンゴは儀式に興味ないの?」

「…何で神様に選ばれたら結婚しなくちゃならないの?」

「何って…当たり前だと思っていたから、考えたこともなかったわ」

「やっぱり私がおかしいのか、みんな儀式のことで盛り上がってるもんね」

「神様に選ばれることは栄誉なことだから、誰も拒否しないわ。それにヒメリンゴだって選ばれたら嬉しいって思うかもしれないじゃない」

「…そうかなー」

ヒメリンゴはブーゲンビリアのように、花嫁になることに憧れを抱いているわけではなかった。

花摘みの儀式を数か月後に控えたこの時期になると、年頃の者は儀式のことでそわそわと浮足立つ。

あの神様から選ばれたい、神格を得たらどうするのかとか、儀式の衣装は何を着るのかとかそんな話ばかりしている。候補者全員に資格はあるが、全員が花嫁になれるわけではないのに、もしもの話に花を咲かせるのだ。

この国では神へ嫁ぐことが最も栄誉とされるだけに、この学校でもそういう教育をされてきたが、ヒメリンゴはずっと疑問に思っていたのだった。

「ヒメリンゴにも儀式に興味を持って欲しいけど、あなたはそれでいいと思うわ」

「ブーゲンビリア、わかってくれるの？」

ヒメリンゴはブーゲンビリアに抱き付く。

「だって、それはヒメリンゴらしいということだもの、それにヒメリンゴがカポック先生の授業を寝ないで受けていたら、先生もびっくりするわ」

「…それ、褒めてるの？」

ヒメリンゴは眉間にしわを寄せて、顔をしかめた。

ブーゲンビリアはにっこりと微笑むとヒメリンゴの肩に優しく手を当てた。

「褒めているわ、ヒメリンゴやグロリオサには沢山助けてもらっているもの、感謝しているのよ」

ヒメリンゴは褒められることが、逆に照れくさかった。

授業開始のベルが鳴り、皆が各自の席へと戻っていくヒメリンゴ達も席へと戻った。

ガラガラと教室の引き戸が開くとカポック先生と校長が入ってきた。

珍しくというか滅多に教室に来ない校長の登場に、教室の中がざわつく。

（うげー、何で校長まで来るの？）

ヒメリンゴは心の中で呟いた、天敵のカポック先生の他に校長というおまけまでついてきたからである。

「はい！　静かに！」

先生が両手を打つと、ざわめいていた教室がしぃんと静まり返った。

「今日は校長先生より、皆さんに大切なお話があります」

カポック先生の前置きのあと、校長がずいっと前に出てくるとゴホンゴホンといかにも校長というような胡散臭い咳払いをして、講話が始まった。

「コホン…今年の花摘みの儀式も迫ってきました、君たちは今年初めて花嫁候補となりましたが準備は出来ていますか？」

（またこの話か…）

ヒメリンゴは退屈な話だと小さくため息をついた。

教室では校長の問いに誰かが、「まだでーす」と答えた。

「…今年なのですが、儀式の前に神々がこの国を訪問されることとなりました。

このような事は前例が無く、我々も大変驚いているのですが、これは皆さんにとってチャンスです」

落ち着いていた教室の面々は一気にざわつき始める、ヒメリンゴとブーゲンビリアも思わず顔を見合わせた。

「これは最高神アヴァロン様の御意向により決定した正式な事前訪問で、花嫁選びの参考にされるそうです。本日、王都から始まりブゲットに到着されるのは十日先になりますが、皆さんも気を引き締めて御無礼のないようにして下さい」

以上です。と最後に咳払いを一つして校長の講話は終わった。

先生達は次の教室へ移動して同じ話をするようで、ヒメリンゴたちのクラスは自習になった、先生たちがいなくなった教室は校長のしていた話でもちきりだ。

周りの子達が、「美容院予約しないと」「ドレスも新しいのがいいわよね」「運命の出会いとかあるかな」とわあわあとその余韻を楽しんでいる姿に、ヒメリンゴはあっけにとられていた。

（みんな、何が楽しいんだろう…）

相変わらずヒメリンゴの興味の対象に花摘みの儀式は入らなかった。

ちゃんと授業を聴いていなかったせいもあるのだろうが、自分は誰かに嫁ぐなんてことを出来る心がまえもない、当たり前のように肯定するみんなとの温度差にヒメリンゴは珍しく葛藤していた。

親友のブーゲンビリアは、幼いころから花摘みの儀式で花嫁に選ばれることが夢だった。


毎年この国で花摘みの儀式が行われているのに、花嫁候補たちがどれだけ美しく着飾り、容姿に磨きをかけても神々に対し候補の人数が多いこともあり、選ばれない者の方が多いのが現実だ。

いつか花嫁にと神に選ばれるのを待ち続ける者もいるが、大半は見合いや恋人ができたりしてその後、身を固めるのだ。

儀式で選ばれることは栄誉なことだが、それ以外の生き方を否定するわけではなく、神の花嫁になるということが一握りの存在であり憧れ、それを夢見ている若者は多かった。

ブーゲンビリアが花嫁になることに憧れていることを、ヒメリンゴもよくわかっているので、嬉しそうに語る親友の気持ちをないがしろにするわけにはいかないと思っていた。

普段はそんなに悩むことはないヒメリンゴだったが、この件ばかりは頭を悩ませていた。

思案顔で机にだらけるヒメリンゴにブーゲンビリアが優しくその頭に手を当てて、言う。

「大丈夫よ、ヒメリンゴだって楽しめるはずよ！」

ポンポンと軽く叩くようにして彼女なりに、ヒメリンゴに発破をかけた。

「それにヒメリンゴは神様に会いたがっていたでしょう？　ブゲットに来たらお逢いできるかもしれないじゃない」

「…それはそうなんだけどさ、でも直接会えるわけじゃないんだよ」

ヒメリンゴなら「神様に会いたい！」と言って元気になると思っていたブーゲンビリアはヒメリンゴがまたしても珍しい反応なので、自分の気持ちとの裏腹な思いに心苦しかった。

そう思いつつもヒメリンゴならば、いざ本番となればきっと一緒に楽しんでくれるとブーゲンビリアは思っていた。

「もうヒメリンゴらしくないわ、うだうだ考えてないで行動するのがヒメリンゴでしょう」

「それも、そうかも」

ブーゲンビリアの言葉に勇気づけられたヒメリンゴは思案顔を止めて、いつもの表情へとかえっていった。

その頃最高神アヴァロン率いる神々は、ダマスクローズが統治する王都を訪れていた。

城下町の訪問を終え、薔薇族の居城へと案内された神々御一行を出迎えるのは、儀式司祭の薔薇族幹部の面々だ、その中心にはダマスクローズが深々と頭を下げて出迎える。

豪華絢爛な城内は神の宮殿にも引けをとらない上に、何よりも彼女の圧倒的な美しさに神々も息を呑み、一行の中にいる女神たちは嫉妬してしまうほどだ。「最高神アヴァロン様、神々の皆様。この度は我々に謁見の機会を下さり感謝いたします」ダマスクローズが顔を上げ、再度頭を下げると薔薇族一同が「ようこそお出で下さいました」と一礼をする。

「私は王都を統べる薔薇族が女王、ロサ・ダマスケナと申します。長旅でお疲れでございましょう、どうぞごゆっくりおくつろぎ下さいませ」

薔薇族の用意したもてなしに、神々は思い思いにくつろぎ始めた。

だが要である最高神アヴァロンは薔薇族の至高のもてなしに見向きもせずに、城内の装飾や調度品ばかりを見ている。それを見かねたダマスクローズは寄ってくる神にそれとなく断りをいれてアヴァロンの元へと向かった。

「アヴァロン様、何かご興味がありでしたか」

「…これは薔薇の女王、初めて会ったが噂どおりの美しさよ。この度は急な取り決めにて失礼したな」

ダマスクローズの声に気が付いたアヴァロンはにこりと微笑んで言った。ダマスクローズも笑顔に応えるようにまた微笑み返す。

「いえ、アヴァロン様の為でしたらこの位造作もございません」

「私の為か殊勝なことだな、感謝しよう」

アヴァロンはダマスクローズの満面の笑みにも、大した反応を示さずにいた。ダマスクローズは内心面白くはない。

(何なの…こいつは…)

彼女は生来、周りから美しい、可愛いなどと褒めちぎられ全ての生き方を肯定され続けて生きてきた人間だ。

自分に全く興味を示さないアヴァロンに苛立ちをつのらせていった。

(今までこんなことはなかった、神だろうが人であろうが私に興味を示さない

やつなんていなかったわ）

苛立ちを抑えつつ、ダマスクローズはアヴァロンの言葉に「勿体なきお言葉です」と仮面のように張り付いた笑顔で返す。

「だが薔薇の女王よ気を遣うことはない、我らが花摘みの儀式の前に候補の顔を見にきたいとただ願っただけのこと、まさに神の気まぐれとでもいったところだろうか。

もてなし感謝する。それでは失礼」

アヴァロンは高らかに笑ってダマスクローズの前を去っていく。

「皆、もう十分もてなしは受けたそろそろ帰るとしよう」

アヴァロンの一声で神々は帰り支度を始めた。

ダマスクローズは張り付いた笑みのまま、幹部達に見送りの準備を急がせ、彼女は先に神々の見送りに回った。

帰り際にアヴァロンは彼女に会釈する程度で、去っていく。

（私の美貌に対してそれだけ？）

アヴァロンに続いて歩く神々はダマスクローズを凝視する者、恥ずかしそうにチラチラと見るもの、立ち止まって別れの挨拶に余念のない者、ダマスクローズの美しさは約束されているようなものだったが、最高神アヴァロンはほぼ素通りのようなものだった。

これは彼女にとって屈辱的なことだった。

薔薇族の幹部・従者たちに激震が走る、そして思った。

ダマスクローズの逆鱗に触れてしまったと。

一体何十人の神が彼女の前を通り過ぎただろう、最後に彼女の前に一人の男神が立ち止まった。

「憐れな愚族、そんなに神の力が欲しいか？」

ダマスクローズの面のように張り付いた笑みが剝がれ落ちた瞬間だった。

（は？　何だと？）

彼女は目の前の奴はどんな神なのかと目を見開いた。

背の高い男神は薄茶の髪はふわふわとしたくせ毛で、長い前髪が野暮ったさを強調させている。

他の神々と比べると、華やかさなどまるでない。

苛立ちに限界を迎えたダマスクローズは、仮面をもう一度つける余裕などなく野暮ったい男神を鼻で笑って言った。

「貴方様は一体？　何の神なのです？」

「さあ？　貴様に言う道理はない、それとも図星で癪に障ったかな？」

「先ほどから神とは思えぬ発言ですわね、失礼すぎますわ」

男神は口元をニヤリと歪ませて続ける。

「失礼なものか、愚族が神の一員となる方が失礼であろう…」

「何ですって…」

ダマスクローズは男神の言葉に怒りをむき出しにして睨み付けた、今にも男神につかみかかりそうな気迫に幹部は肝を冷やし、従者たちはいつでも取り押さえられるように身がまえた。

その様子を察した男神はダマスクローズに向かって「下らぬ」と吐き捨てるように言って去っていく、長い前髪から一瞬冷たい海のような深い青の瞳が見えた。

従者たちは凍り付いたように身を硬くする、ダマスクローズは何も気にせずに男神を睨み続けた。

神々御一行が城をあとにし、王都から次の場所へと移動するのを確認すると、ダマスクローズの怒りは完全に爆発し、彼女は発狂した。

「ああ！　何者なの奴はこの私を愚族扱いするなんて、私は薔薇族の女王ダマスクローズなのよ！」

「ロサ・ダマスケナ、どうか落ち着いて下さい」

幹部の声も届かないほど彼女は荒れていた。

花瓶をなぎ倒し、手に取るものを周りの従者たちに投げつける。

「最高神といい、奴といい、この私の魅力に気が付かないなんて奴らの方が愚族よ」

「…女王どうかもうその辺にして…怒りを収めて下さい」

「煩いわね、お前に何がわかる！　私は誇り高き薔薇の女王なのよ」

ダマスクローズの機嫌はしばらく治まらなかった。

彼女は自分の思い通りにならなければ、従者たちや物に当たり散らし、またある時は罵倒し気に入らなければ殺してしまいもする。言わばこの国での絶対的暴君であった。

表向きには憧れのダマスクローズの顔をして、民衆の支持を得るカリスマであるが、裏の顔は私情で容赦なく邪魔者を排除してしまう、狂気を秘めている。

従者達は彼女の投げ壊したものを黙って片付けていく、そして思っていた、最高神アヴァロンも、あの男神も彼女の本性を見抜いたのだと。

ダマスクローズを諫めようとした薔薇族幹部の一人は、次の日から城へやってくることはなかった。


最高神アヴァロン率いる神々御一行は、次々に町を回ってゆく、王都の訪問から十日が過ぎた頃、予定通りにブゲットへと到着した。

「ここで最後か、王都と比べるとやはり田舎だな。そう思わないか？」

神たちを乗せて空を駆ける空馬車の車窓から、アヴァロンは町を覗いた。アヴァロンの向かいに座っているのは、ダマスクローズを愚族と称したあの男神だった。

「ええ、ですが俺にはこちらの方が落ち着きます」

「そうだな、私もそう思う。王都の華やかさも良いが、こちらは古めかしくも趣がある」

アヴァロンは徐々に近づいていく景色を嬉々たる表情で見ていたが、時々向かいに座る男神へと視線を移しては戻しを繰り返していた。アヴァロンの奇妙な行動に彼は深くため息をついた。

「叔父上、何か気になることでも？」

「…何故、薔薇の女王にあのような事を申した？」

頃合いをみたようにアヴァロンは、彼が何故王都でダマスクローズに食ってかかるような真似をしたのかを尋ねた。

「ああ、あの時の薔薇の女王のことですか」

「普段のお前ならば無関心にやり過ごすであろう、わざわざ挑発するような真似をするにはなにか思うところがあったのか？」

「…あまりにも露骨に叔父上を意識し、最高神に取り入ろうとする姿が憐れだと申したまでです。現に奴は下らぬ理由で何人も殺しているのです」

気怠そうに話していた彼はダマスクローズの事を聞かれると、言葉の節々に怒気の混じったような声色で語る。

「冥界でラニュイ様の補佐をしつつ、この女に理不尽に殺された亡者達から話を聞くことがありましたから、事実ですよ」

「冥界勤めのお前にならわかるというやつか、別にお前が嘘を申すなどとは思っておらんよ。ラニュイにも薔薇族には気をつけるようにと言われておるし…」

アヴァロンは彼の言葉にしっかりとした理由があることに、安堵した。自分の甥が嘘はつかない男であると確信しているのもあるが、自分から喧嘩を売るような真似はしない男であるということもわかっているからだ、彼は正義感が強く真面目な神だ、理不尽に死んでしまった亡者達を気遣って言ったのだろうとアヴァロンは思った。

「冥王ラニュイ様から賜ったこの力で、亡者の叫びを代弁したに過ぎません」

「それならば良い、お前は根が優しい子だからな」

アヴァロンの言葉に彼は少し照れくさくなって、視線をまた車窓へと移した。

するとアヴァロンが「そういえば！」と何か言おうとしていたことを、思い出したように両手を打った。

「…まだ何かあるのですか？」

彼は再び気怠そうに答える。

「国中を見て回ってきたがどうだった？」

「…俺は興味がありません、誰を見ても面白くありませんでしたから」

はあーっとアヴァロンは今日一番大きなため息をついた。

「お前が少しでも儀式に興味を持ってくれたらと思って、やっと冥界から連れ出したというのに…私は心配しているのだぞ」

「叔父上、そう言われましても誰を選べば良いかわかりませんから、俺は人間を好きにはなれないのです」

アヴァロンが再び大きなため息をついて、頭を抱えた。

嘆く顔を見ながら彼もまた一つため息をつく、さっきよりも近くなった田舎町の雑多とした風景や都市部にはない自然を瞳に映した。

どこか懐かしい、冥界にはない活気を視覚から感じとっていった。

彼の名はロキ、とある異世界の邪神と同じ名を受けた、偽りの邪神。

本来は邪神ではなく、冥王ラニュイと共に亡者の言霊を聞き取る神である。

ロキにとって、花摘みの儀式はどうでも良かった。

神にとって重要な儀式だとしても、彼はどうでも良かったのだ。

それは彼が冥界で人間の不穏な話を聞いているからというのもあるが、彼を頑なにそうさせているのは自分のせいで、両親を引き裂いてしまったからだと思っているからだった。

空馬車が下降していくと町の中央にある広場を囲むように、人だかりが出来ていた。

最前列には美しく着飾った花嫁候補達が、我先にと身を乗り出して神々の登場を待ち望んでいる。

ヒメリンゴ、ブーゲンビリア、グロリオサも広場へと向かっていた。

「スカートにパンプスだと歩きづらいな…」

普段着ではスカートなんて全く穿かないグロリオサが慣れない足取りで進む。

「グロリオサとってても似合っているわよ、私の見立てが合って良かったわ」

「そうそう、いつもと違うから新鮮だし」

二人が褒めることで、剛毅なグロリオサもたじろいだ。

「さあ行きましょう！」

ブーゲンビリアは珍しく先頭をきって歩いていく。

「ブーゲンビリア嬉しそうだな、いつもと雰囲気が違う」

グロリオサが先を行きそうな人混みの中を、今日ばかりはブーゲンビリアが先頭をきって二人を引っ張っていく姿にグロリオサは驚いていた。

「ずっと楽しみにしてたんだもんね」

「勿論、初めて花嫁候補になる年にこんな機会があるなんて、一度あるか無いか…夢のようだわ」

ブーゲンビリアの笑顔はとても嬉しそうで、苦手なスカートを穿いたグロリオサも、儀式に乗り気ではないヒメリンゴも彼女の屈託のない笑顔を見て、来たかいがあったと思った。


出遅れた三人は最後尾にギリギリ滑り込むように列に加わる。

広場の入り口に何十台もの空馬車が止まり、アヴァロン率いるおよそ五十名の神々がゆっくりと歩を進めていた。

「間に合った？　もうグロリオサがスカートに手こずってるからだよ」

「私もそうだが、ヒメリンゴの服選びで時間が掛かったんだぞ、同罪だ」

ヒメリンゴとグロリオサが言い合っていると、ブーゲンビリアが二人に向き直って肩を叩いた。

「ねぇねぇ二人とも！　神様がいらっしゃるわ！」

ブーゲンビリアは二人のやり取りになど目もくれず、神々の登場に心を躍らせている。

列の先頭を行くのは最高神アヴァロンだった、金糸のように艶やかな金髪の美壮年の男神、瞳は青くまるで空の色のように澄んでいる。

（あの方が最高神様、なんて神々しいのかしら…）

ブーゲンビリアは初めてみる神の神々しい姿に目を奪われていた。

アヴァロンの少し後ろをロキが仏頂面で歩いている。

ブゲットの訪問の少し前にアヴァロンに前髪が長いと注意され、前髪を後ろへ流す形に髪型をセットされたロキの機嫌は悪かった。

（…あの神様、なんであんな顔してるんだろう、見た目いいのにもったいない）

ヒメリンゴの興味の対象は美しい最高神よりも、仏頂面のロキの方だった。

もしかしたら、儀式にあまり興味のない自分と同じなのかと妙に親近感を覚えるのだった。

三人の前にいよいよアヴァロン一行が通ろうとした時だった。

前に乗り出して見ていたブーゲンビリアが体勢を崩し、アヴァロンの前に飛び出してしまった。

膝から崩れるように倒れたブーゲンビリアをグロリオサが助けようとしたが、それより先にアヴァロンが声をかけた。

「おお、驚いたな。大事ないか？」

ブーゲンビリアは恐る恐る顔を上げた、恥ずかしさと緊張で赤面して、言葉もろくに出てこない。

「はは、何も恥ずかしがることはなかろう？　ただ転んだだけだというのに」

アヴァロンは赤面して言葉を失うブーゲンビリアの手を取り、立ち上がらせた。

ブーゲンビリアは何とか言葉を絞り出して、消え入りそうな声で言った。

「…助けていただいて、ありがとうございます最高神様」

ブーゲンビリアはすぐ傍にいる、アヴァロンに聞こえたのか少し不安になったが、彼女の声はこれで精一杯だった。心配のあまりアヴァロンの顔を見上げると、アヴァロンは優しく微笑んでいた。

「も、申し訳ありませんでした、直ぐに退きます」

「もう謝る必要はないし、直ぐ退かずとも良い。それよりも君の事を教えてくれ」

「私の事ですか？」

ブーゲンビリアはアヴァロンの申し出を全く予想していなかった。

アヴァロンが後列の神々に先へ進むように促すと、神々の列は少しずつ進み始めた。

アヴァロンはブーゲンビリアの話を聞くために、その場所に立ち止まったまだ。

花嫁候補達はブーゲンビリアを羨ましそうに見ていたが、早くも他の神々へ対象を移して盛大に歓声を送っている、周りの煩ささでヒメリンゴ達にはブーゲンビリアとアヴァロンの会話は聞きとることは出来なかった。

「グロリオサ、ブーゲンビリアはどうなったの？」

「ここからではわからない、たぶん大丈夫な気がする」

ブーゲンビリアの姿は二人の目で確認できるものの、希望と不安の入り混じった微妙な気分で見守ることしかできなかった。

一方ブーゲンビリアは、予想もしていなかった異常な事態にうろたえていた。しどろもどろに成りながら、ブーゲンビリアは言葉を紡いでいく。

「…私の名は、ブーゲンビリア…です。今年十六歳になりました」

「ブーゲンビリア、良い名だ。赤紫髪の九重葛、名前と容姿と良く合っているな」

　ブーゲンビリアは首を大きく横に振った。

「…赤紫の髪色はたくさんいます、私なんて地味で自慢できるような特技もありませんし、何も無いのです」

　神々しい最高神の前で、地味な自分がいることが申し訳なくなるブーゲンビリアは否定的だった。

　アヴァロンは必死に否定するブーゲンビリアの顔を覗き込んで言った。

「…君は自分を過小評価しすぎている、地味であろうが派手であろうが関係あるまいよ、私は地味ではないと思うがね」

「…も、もったいない、もったいないお言葉です」

　ブーゲンビリアは体が沸騰するような感覚だった、最高神にこんな言葉をもらえるなど昨日までの自分は想像もしていなかったし、内心不釣り合いだと思ってもいる、奇跡としか思えなかった。

不安そうな顔を見たアヴァロンはブーゲンビリアが今一番聞きたいと思っていたことを口にだした。

「どうして私が君のことを知ろうと思ったかを気にしているようだが、それはとても単純なことだ」

ブーゲンビリアは俯いていた顔を思わず上げた。

「まあ少し感情的かもしれない、君が私の前に偶然出てきたことに、私は縁を感じた。

こんなことを言うのは失礼かもしれないが、正妻であった彼女に君は少し似ていた」

「…失礼でも何でもありません、何て言ったらいいのか、わからなくて」

「簡単に言えば、私は君に運命を感じたのだよ」

ブーゲンビリアは混乱していた。

頭の中が嬉しさと夢なのか現実なのかと、自分自身を保つのに精一杯なくらい混沌としていた。

「…運命…運命ですか…」

「私はあると思っている、君はどう思う?」

アヴァロンの問いに答えようとしたときだった、アヴァロンの従者が彼を呼びにやってきた。

「…そろそろ行かねば、また会おうブーゲンビリア」

アヴァロンはブーゲンビリアの耳元で囁き、迎えに来た従者の元へ向かう。

ブーゲンビリアは彼の背中に向かって、さっきの問いに答えた。

「私も、あると思います」

アヴァロンはほっとしたように顔を緩ませた。

「知らせを待て」彼はそう言い去っていった。

神々が帰り支度を始め、徐々に広場の人だかりは解消されてく。

周りの様子や歓声が何も感じられないほど、ブーゲンビリアは放心状態だった。

やっとブーゲンビリアの所へ近づけた、ヒメリンゴとグロリオサは何度も名前を呼んだが彼女は気が付かない。

「おーい、ブーゲンビリア、ブーゲンビリアってば！」

「…あ、ヒメリンゴ、ごめんなさい気が付かなくって…」

「大丈夫か、随分呼んだぞ」

「グロリオサ、心配かけてごめんなさい…夢じゃないわよね？」

二人を目の前にして、ブーゲンビリアはようやく落ち着き始めた。

「…一事はどうなることかと思ったが、アヴァロン様が寛大な方というのは本当のようだな、何事もなくて良かったよ」

グロリオサはブーゲンビリアの様子をずっと気にしていただけに、自分の心配が取り越し苦労であったことに安堵した。

「さっき、何があったのか教えてよ」

ヒメリンゴは、アヴァロンとブーゲンビリアが何を話していたのか気になってしかたがなかった。

興味津々のヒメリンゴはどうにもこういった色恋に疎い。

察しの良いグロリオサに「無粋な質問するな」と軽くこづかれた。

「えー、いいじゃん」当然、ヒメリンゴは文句を言う。

ブーゲンビリアは「まあまあ」とにこやかに二人を静止させ、人混みから逃れるように広場の外へ出た。

広場入り口に空馬車が道にはみ出して何台も止まっている。

天界の従者たちが忙しなく作業に追われているので、三人はそそくさと間を通り抜けて向かいの通りまで渡った、一息ついてヒメリンゴは待っていましたと言わんばかりに切り出した。

「それで、何て言われたの？」

「お話というか自己紹介しかしていないけれど、あの…そのね…」

ブーゲンビリアは頬を真っ赤に染め上げて、二人に小声で耳打ちした。

グロリオサは熱でもあるのではないか？　と思うくらい赤面していた。

勿論、言葉もでない。ヒメリンゴは嬉しさのあまりブーゲンビリアに抱き付いた。

「これって凄いことだよね！　決まりってこと？」

「書状が届くまではわからないけれど、たぶんね」

はにかんだように笑うブーゲンビリアは、まるで夢のようだと何度も口にして現実であることを再確認する、三人は自分の事のように喜びに浸った。

4　ロキ

ブーゲンビリアは早速、家族に報告したいと足早に帰っていった、グロリオサはブーゲンビリアが浮足立っていて、危なっかしいからと直ぐに追いかけて彼女を家まで送ることにした。

「ヒメリンゴ、気をつけて帰るんだぞ」

「大丈夫だよ、もう少し神様見たいだけ、直ぐに帰るから。心配性だよなーグロリオサは」

「私はそういう態度を心配しているんだけどな…もうそんなに神々はここには居ないと思うが失礼のないようにするんだぞ」

ヒメリンゴの好奇心旺盛なことは長所でもあるが、自分で墓穴を掘りかねない。

そんなリスクに本人が無頓着すぎることに、気が利くグロリオサにとって心配の種だった。

二人を見送ると、ヒメリンゴは再び広場へと戻ってみることにした。

神々御一行が去ったあとで、人混みはもう疎らになっている、というか殆どの人々は別の場所に向かったようだ。

周りを見渡しても、神の姿は見当たらずヒメリンゴは広場の中をぐるぐると歩き回ってみたが、天界の従者にすれ違うことはあっても神と会えることはなかった。

（結構、あっけないんだな…）

しばらくして、歩き疲れた頃ヒメリンゴは広場の中央の噴水の前に佇む男神を発見した。

（あれ、さっき最高神様の後ろにいた…神様？）

長身で見覚えがある薄茶色のくせ毛だったが、前髪を下ろしているので顔まではよくわからなかった。

（前髪で顔わからないけど…本当に神様？）

「…なんだお前は、俺をジロジロ見るな」

「わっ！　ごめんなさい」

男神は長い前髪の間から深青の瞳でヒメリンゴを睨み付けた、ヒメリンゴは反射的に男に謝ってしまった。

「おおかた儀式だの花嫁だのと浮かれた女だろう、その鬱陶しそうな服で予想がつく」

彼は視線をヒメリンゴに向けたまま、吐き捨てるように冷たい言葉を吐いた。

ヒメリンゴは感じの悪い言い方に、腹が立った。

相手が神であるということも忘れて、言い返した。

「別に浮かれてなんかない！」

「どうかな、あからさまなんだお前たちは、花嫁になれば神の権能を得られると思い、あの手この手で着飾った憐れな種族が」

男神の方も黙ってはいられずに、食ってかかるヒメリンゴに負けじと言い返す。

「初めて会った人にそんな言い方しなくてもいいのに！　大体こんなモッサモサの人に言われたくないし！」

「誰がモサモサだ、神に対して何たる物言い、しかも敬語すらまともに使えないとは、不敬にも程がある」

「神様だからって好き勝手言っていいの？　それってホントに神様のすること？」

ヒメリンゴの頭に無礼、不敬のような単語は抹消されてしまったかのように、相手が神であることなどお構いなしに突っ込んでいった。

グロリオサの心配は見事に的中した。

「…お前、俺を侮辱しているのか？」

男神は長い前髪を掻き上げて、ヒメリンゴの正面へと向き直って鋭く睨み付けた。

前髪を上げたその顔はアヴァロンの後ろにいた仏頂面の神に間違いなかった。端正な顔立ちで睨み付けられていたとしても、その風貌が容姿端麗なことくらい色恋に疎いヒメリンゴにも理解ができる、思わず息を呑んだ。

「…侮辱してない、侮辱したのは神様の方だ」

「俺が侮辱した？」

「皆、儀式で選ばれたくて必死なんですよ、なのに浮かれてるって言ったじゃない」

ヒメリンゴの言葉に男神はハッとした、自分の予想に反した答えが返ってきたからだ。

先程までの頭に血が上っていた時とは違う、ヒメリンゴの受け答えに男神も感化されるように気分が冷めていった。

「…では必死になっているのは何のためだ、やはり権能のためだろう」

「そういう人も多いかもしれないけど、花嫁にただ憧れて、それが小さい頃からの夢でずっと待っている子だってなかにはいる、私は花嫁候補になっても全然自覚がないし、とにかく全部がそうじゃないですから」

「…確かにそうかもしれん、一概には言えんな」

男神の表情に怒りは完全に消えていた。


「まさか謝ってくれるの？」

ヒメリンゴの突拍子のない言葉に男神は思わず目を見開いた。

再び怒りなどはしないが、奇抜な発言を繰り返すヒメリンゴに男神は興味をかきたてられていた。


「…まさか、神が人に頭を下げる？　聞いたことがないな」

男神は煽るように言い、さらに続ける。

「むしろ、頭を垂れるべきはお前の方だろう」

「先に吹っ掛けてきたのはそっちですよね？」

「お前がジロジロ見てきたのが悪い、お前のような不躾な女に初めて会った」

「私だって、こんなモッサモサで失礼な神様に初めて会いましたよ」

ヒメリンゴと男神のいがみ合いは止まらない、どちらかが引かなければ終わらないような無謀な言い合いだった。

男神は時間が無くなってきたのもあって、このままでは埒が明かないと思い渋々会話を終わらせるように切り出した。

「…そろそろ時間のようだ、最後に一つ聞いておこう」

「え？　何ですか？　まさか最後に謝るとか言うんじゃ…」

ヒメリンゴはニヤリと笑って、男神を見上げた。

「そんな訳あるか、本当に口の減らない奴だな。俺をここまで罵倒した初めての女として名前を憶えておいてやるというだけだ」

「ヒメリンゴ。歳は十六歳」

「…頭の悪そうな名前だな」

男神が鼻で笑うと、ヒメリンゴは嘲笑うような態度にムッとした。

「誰がつけたか知らないけど、結構気に入ってるんですけど」

「ヒメリンゴか記憶しておく、そして末代まで呪ってやる…」

「呪うとか…洒落にもならないんですけど、私一般人だよ。魔力とか皆無なんですよ？　神の力使わないで下さい」

「…屁理屈ばかりだな」

男神はムキになるヒメリンゴの反応が愉快で、つい煽るような発言をしてしまうが彼の表情は少し綻んでいた。

余裕そうな男神の様子にヒメリンゴは頬を膨らませている。

男神は口元まで綻んでしまいそうになるのを手で隠した。

「貴方は何の神様なんですか、私も教えたしフェアじゃないです。名前教えて下さい」

ヒメリンゴは自分ばかりが言い負かされるのが腑に落ちなくて、男神に名乗るように言った。

彼は少し悩んだが、確かにフェアではないと思い、そのまま伝えることにした。

ヒメリンゴの期待するような、好奇心で注がれる視線に彼は答えなければならない気がしてしまった。

「…ロキ、冥界で冥王ラニュイ様の補佐をしている。ロキとは異界の邪神の名前だ」

ヒメリンゴは邪神という響きに驚いていた。

邪神だけあって悪神の印象が強く、ヒメリンゴの顔は青ざめた。

とにもかくにも、自分が恐れ多くも神の一柱に突っかかっており、しかも相手は冥界の邪神であったということに何よりも驚き、返す言葉もなかった。

（邪神って…なんてこと言っちゃったんだろう、グロリオサにも軽率な行動するなっていつも言われてるのに…）


「おい、何故黙っている？　威勢のよさはどうした？」

沈黙するヒメリンゴをロキはさらに煽りたてた。

ロキの表情は悪戯でどこか楽しげだったが、ヒメリンゴにとってはますます焦る要因になった。

「邪神様ってことは、人を不幸にするんですよね？」

恐る恐る尋ねるヒメリンゴの様子に、ロキは状況を察した。

〝邪神〟ということが彼女を恐れさせたのかと、ロキは首を横に振った。

「否。俺は名ばかりの邪神だ、罰を与える神はいるがこの天界に正式な邪神は存在しないだろう」

「…そうなんですか？　…」

ヒメリンゴは緊張から解かれ、胸のつかえがとれたような気がした。

青ざめていた顔はすこし血色を取り戻している。

落ち着きを取り戻すとヒメリンゴとロキは思っていた、先程まで喧嘩まがいの言い合いをしていたのに、微妙な空気感になっていることを。

「……う、気まずい」

「…思っていることが口に出ているぞ」

「なっ…ごめんなさい」

「別にもう良い、俺はもう帰るとする」

ロキが噴水の前から立ち去ろうとすると、ヒメリンゴはロキの腕を掴んで引き留めた。

「本当に！　本当に！　何も起きませんよね？」

「否と言っただろう、聞いていなかったのか？　何故そこまで気にする？」

ヒメリンゴはロキへの無礼を過剰に気にしていたので、ロキは不思議に思った。

「私の親友のブーゲンビリアが最高神様に選ばれるかもしれない、ブーゲンビリアはずっと花嫁に憧れてて、私のせいで夢を壊したくはないからです」

ヒメリンゴが自分の害よりも友人の害を心配していることに、ロキは驚いていた。


「友など他人であろう？　お前自身に害が無いなら良いのでは？」

「それじゃ駄目です、他人だけどブーゲンビリア達は私にとって大切な人なんで」

ヒメリンゴの真剣な表情には揺るぎない友情が垣間見えたような気がした。

「…俺はそういう案件に疎い、的確な言葉は見つからない。何度も言うが俺は名ばかりの邪神だ、そのような力は持っていない」

「…ならいいんです、安心しました」

ロキはヒメリンゴに圧倒されていた。

初対面で凝視されたと思えば、男勝りに喧嘩腰で食って掛かり、友人を思い弱気になったり、安心して乙女のように笑ってみたり、感情の起伏が激しくロキの知る女性像とはかけ離れていた。

「…お前は変だ、俺の知識や経験の中に全く当てはまらない奇抜な女」

「…奇抜って、確かに変わってるとはよく言われますけど、ロキ様だって相当変わってる！」

ヒメリンゴはまた余計なことを口走ってしまったと慌てて口を押さえた。

「…そういうところだろう、淑女とは程遠いな」

「それもよく言われます…」

「奇抜で淑女らしくはないが、面白い女、そういうことにしておく」

「それは褒め言葉ですか？」

「…褒め言葉だな」

ロキは悪戯な微笑を浮かべ、ヒメリンゴに摑まれていた腕をほどいた。

力任せに摑んでいた腕をするりと抜き、踵を返した。

「もう会うこともないだろうが、機会があるとすればお前が死んだ時かもな…」

「え、縁起悪っ！　冥界の神様だからですか？」

「俺の権能は亡者の声を聴く力だ、冥界に下った際に会えるだろう。では失礼する」

「あと、色々ごめんなさい」

ヒメリンゴはロキの後ろ姿に深く頭を下げた。

（本当に…変な奴。死んでから会うのは少し惜しい気もするな…）

ヒメリンゴが顔を上げると、ロキの姿は遠ざかっていた。

「…変わってる神様だけど、冥界に行かないともう会えないんだな」

第一印象は最悪だと思ったヒメリンゴだったが、ロキが見せた僅かな微笑が妙に心に刺さるヒメリンゴだった。

5　最高神の花嫁

ロキが空馬車へ戻ると、視察という観光を終えたアヴァロンも戻っていた。

アヴァロンの向かいに座ると、座るなりロキの顔を見ながらニヤニヤと顔を緩ませる。

「ロキ、何やら良いことでもあったのか？」

「…何故です？」

ロキは不可解そうに顔をしかめた。

「まあそんなに不機嫌になるな、雰囲気が普段の三割は緩んでいると思ったが」

「…緩んでおりません」

ロキを幼少時から知っているアヴァロンは、ロキの表情の僅かな機微も見逃さなかった。

ロキ本人が見透かされないように意地を張っていることも、アヴァロンは勿論気が付いていた。

「だが、何かあったのであろう？」

ロキにとって嬉しいことが、と付け足そうと思ったがアヴァロンは言わずに心に留めおくことにした。

「…少しというか、とても奇抜な女に出会いました。

淑女とはとても呼べない、面白い女です」

アヴァロンは身を乗り出して、ロキの話に耳を傾ける。

その様子があまりにも嬉しそうなので、ロキはヒメリンゴと出会った経緯を語った。

「ははは、なんとも愉快な話だな」

アヴァロンは腹を抱えて笑っている、ロキは怪訝そうに顔をしかめた。

「…そんなに愉快ですか？」

「ああ愉快だとも、このロキが言い負かされる姿を私も見たかった！」

「言い負かされたのではありません、俺の方から引いたのです」

「まあまあ、意地を張るな」

ロキが予想通り、必死に取り繕うものなのでアヴァロンは笑いが止まらない。

ロキは赤面する顔を背けつつ、喜色満面のアヴァロンを久々に見られたことに安堵していた。


アヴァロンは正妻ハイドレンジアを亡くしてから、病で臥せっていたからである。

愛していた正妻を亡くし、ほぼ同時期に盟友の一人レゴールが囚われてしまったことは、アヴァロンの心を容赦なく追い込んで壊してしまったのだ、病が回復に向かってもアヴァロンはしばらく塞ぎ込んでいた。

新たな花嫁を探す儀式にも参加を拒否し続け、宮殿の外に出ることも拒んだ。

面会を許すのは盟友である冥王ラニュイ、甥のロキと生来からの側近達だけだったのだ。

「…叔父上がそのように笑っているのを久しぶりに見ました」

「当時は色々あったからな、私には受け止めきれなかったのだ。彼女のことも、彼のことも、大切だったからこそ至らなかった私を殺してしまいたい程悔やんでいる」

アヴァロンは車窓の景色へと視線を移すと、感慨深そうに眺めている。

地上から天界へと空馬車は少しずつ上昇し、ブゲットの街並みが少しずつ小さくなっていくのをロキも黙って見ていた。

「ああ、暗くさせて申し訳ないな、せっかくロキの土産話に花を咲かせたというのに」

アヴァロンは申し訳ないと、ごまかすように笑って頭を掻いた。

「…いえ、俺がそうさせてしまったのです」

ロキは頭を下げた。

「そのような気遣いが出来るところといい、レゴールによく似ている。

私やラニュイではこうはいかんからな…」

アヴァロンはロキにもう一人の盟友レゴールの面影を映していた。

ロキにとって彼の名は禁句だとしても、この小さな発見がアヴァロンの喜びであることはロキにもわかっていることだった。

「…あの方のことはともかく、叔父上もラニュイ様も気遣いはされているでしょう?

でなければ、俺を気にかけたり、権能を与えたりはしません」

(いかん、禁句だった)

「すまないな、つい懐かしくなってしまって、彼の話は禁句だったな」

「いえ、それよりも叔父上は何故…」

ロキが何かを言いかけた時、空馬車は天界に間もなく到着する頃だった。

「ロキ少し待ってもらえるか、そろそろ天界へ着く頃合いのようだ、続きは私の宮殿でしよう」

「はい」

天界へ到着するとアヴァロンの従者達が整列して出迎える、宮殿の広い庭園に次々と他の神々の乗った空馬車がやってきた。

他の神々がアヴァロンへの謁見をしてから帰ることになっているということだ。

ロキはアヴァロンから謁見の間、宮殿内の応接間で待っているように言われ、従者に連れられて広い宮殿の中を歩いていく。

幼い頃アヴァロンに引き取られ、宮殿内にいた記憶はおぼろげになっており、はっきりとは記憶になかった。


「ロキ様、こちらでお待ちくださいませ」

「ああ、案内させてすまない」

従者が一礼し応接間を出ていくと、広い応接間にロキ一人になった。

最高神の居城ともなれば、全てが豪華なことは勿論のこと、どの部屋も精緻を極めた装飾が施された家具から食器、調度品に至るまで何もかもが煌びやかである。

（ここで暮らしたのはまだ子供の頃…五年程だったか、しばらく来ていないとはいえ憶えていないものだな）

ロキはソファーに腰かけ、高い天井を仰いだ。

天井はロキにも見覚えがある、紫陽花をモチーフにしたシャンデリアが今も健在であった。

（これは、叔母上の…ではここは応接間ではなくて…）

精巧な金細工の装飾に薄紫と薄水色の硝子は紫陽花を模した形に設計されたものだ。

叔母は自室にあったこのシャンデリアを、幼少のロキに宝物だと言っていた。

（ここは…叔母上の部屋だった場所…）

〈私、これが大好きなの〉

「どうしてですか？」

〈これは私の姉さんが…君の母上が設計したものなの〉

「母上が？」

〈私の実家は田舎町の硝子工房でね、姉さんは工房を継いで一生懸命働いていたの、私が嫁いだ時に渡せるようにと書いてくれた設計図なのよ〉

「これを設計したのですか…」

〈姉さんは完成を見られずに亡くなってしまったし、レゴール様もオルディネ家に捕まってしまった…だから代わりに君が見てあげて、きっと姉さんも喜ぶわ〉


その時不意に思い出したのは、ロキと叔母であるハイドレンジアとの記憶だった。

おぼろげだった記憶が少しだけ鮮明になっていくように、オルディネ家の地下牢で病に倒れ、涙を流す母親の姿も思い出していく。

(忘れたいわけではない、でも思い出してどうする。思い出したところで元に戻るはずもないのに)


扉の開く音でロキは現実へと戻された気がした。

視線を天井から扉へ下ろすと、小走りでアヴァロンがやってきた。

「遅れてすまない、下界で会っているのだから謁見せずとも良いものを…融通が利かない者ばかりでな、しきたりがなんだと細かいのだ」

アヴァロンはぶつくさと文句を言いながらロキの向かいへと腰かけた。

「それで、お前は私に何を聞きたいのだ?」

「先程話していた女、ヒメリンゴが…自分の友人が最高神の花嫁になるかもしれないと言っていたので、叔父上にお聞きしようと思っていました」

「ははは、まだ書状も送っておらぬのに気が早い乙女たちだな」

アヴァロンの笑い声が部屋に響きわたる。

「あいつの勘違いでしたか…」

ロキはやれやれとため息をついたが、アヴァロンは目じりをさげて、嬉しそうに微笑んでいる。

「いや、そうでもないさ、ブゲットの町で私の前に出てきた赤紫の九重葛。名をブーゲンビリアと言ったか、私は彼女を選ぶつもりだ」

ロキはブゲットの広場で、アヴァロンの前に飛び出してきたブーゲンビリアの事を思いだした。

（ああ…やはりあの時の女だったか）

「…思い出したか？」

「どうして彼女にしようと思ったのですか？」

アヴァロンは懐かしい思い出に浸るような表情で言った。

「ハイドレンジアに似ていたのだ、容姿がというよりも雰囲気というのかな……」

アヴァロンの正妻ハイドレンジアは、花摘みの儀式でアヴァロンから最初に選ばれた者であり、派手な容姿でもなく地味だが凛としていて、薔薇族のような貴族出身でもなく田舎町の硝子工房の娘だった。

お忍びで天界からブゲットに来ていたアヴァロンと盟友二人が道に迷っていたところを、ハイドレンジアと姉のダリアが助けたことがきっかけになったという。

過去の花摘みの儀式に今回のような神が各地を回るようなことはなく、神々は独自の判断で花嫁を選び、選ばれたことを知らせる書状を送る。

書状が届いた花嫁候補は儀式への出席を許され、初めて自分を選んだ神と対面を果たす。

複数の神々から届いた場合は、誰か一柱に選択する権限を与えられるということも稀にあるのだった。

この国の民にとって神からの選出は名誉なことであり、まず拒否はしない。

万が一にでも断った場合は百合族のように神の怒りを買いかねないからだ。

「…私は最初からあの町で花嫁を選ぶことを決めていたのだ、ハイドレンジアとお前の母ダリアの生まれ育った町で」

「ブゲットがそうでしたか…」

「そうだとも、あの大勢の民衆の中で彼女は私の前にひょっこりと偶然に現れた。

実に運命的であろう！」

アヴァロンが立ち上がって熱弁すると、ロキは理解出来ないと言わんばかりに、気抜けした様子でため息をついた。

「…偶然にも程があります、叔父上」

アヴァロンは浪漫がないなと、冷めるロキと裏腹に笑ってみせた。

「では叔父上、ひょっこりと偶然ブーゲンビリアではない者が現れたらどうしたのですか？」

「選ばぬ、ブーゲンビリアだから運命を感じた…と言っておこう」

ロキの眉間に皺がよった。

「…俺には理解できません」

「そうだろうか？　運命とは突然動くと思うがね」

アヴァロンは仏頂面のロキをからかうことを楽しんでいる。

穏やかに微笑みながら、ロキの様子を窺っていた。

ロキの眉間の皺が更に深くなる、ロキにとって理屈では語れないような問題はどう返答するのか、何故そう思うのか、心の微小な動きのような言い表せないものを考えることが難しいと思っていた。

「お前にもわかるようになるさ、理屈では語れぬ何かをな」

アヴァロンはロキが真面目過ぎるゆえに、理解出来ないのではなくて、ただ見えていないだけなのではないかと思っていた。

言葉は冷たく、態度も素っ気ないのは、ロキが〝邪神〟の名が付いているだけで周りを恐れさせ、災厄の象徴のように思われていることに原因があるのかもしれないと、アヴァロンは叔父として心配をしていた。

「…俺にわかるようになるのでしょうか？」

「出来るとも、私が保証しよう」

アヴァロンはロキの揺れる深青の瞳を見て、はっきりと断言した。

不確かで確証はないが、ロキがヒメリンゴと出会ったことに何か大きな意味があるのではないかと、アヴァロンは心の中で揺れ動く運命の胎動を感じ取っていた。

ハイドレンジアの死から十数年…

アヴァロンの見ていた景色は、長い間光のない森のようだった。

昼も夜も変わらない灰色の世界だった。

かけがえのない盟友ラニュイとレゴール、彼と彼女たちが残したロキという繋がりがアヴァロンをその閉鎖された世界から救い上げたのだ。

(随分時間がかかってしまったが、私がここで前を向けるのは皆のお陰だ)

アヴァロンはブーゲンビリアに向けて、書状を書き出した。

ハイドレンジアを忘れたいわけではない、前を向くためにこの儀式へ臨むのだった。

最高神としてこの儀式をやり遂げること、逃げていてはハイドレンジアにも、彼らにもブーゲンビリアにも申しわけがない。

アヴァロンは皆への感謝を心に刻みつつ、ブーゲンビリアへの想いを誠実に真摯に書き綴った。

(不思議と清々しく、穏やかだ…)

迷いがなかったわけではないが、窓からそよぐ心地よい風がアヴァロンの再出発を後押しするように、彼を祝福した。

某日　早朝　ブゲット

アヴァロンの書状は速やかにブーゲンビリアの元へ届けられた。

「…ブーゲンビリア！　見ろ！　花摘みの書状だ！」

ブーゲンビリアの父が金の箔押しのされた書状を持って、慌てて家の中へ入ってきた。

二階にいたブーゲンビリアは飛び起きて、階段を駆け下りる。

「本当に？」

「さっき天界の従者の方が持ってきて下さった、アヴァロン様からだぞ！」

「まあ！　最高神様から、奇跡だわ」

彼女の母も朝食の準備を放り投げて、家族三人は喜びに浸る。

「…開けてもいいかしら？」

「勿論だとも、お前宛てに送られたものなのだから」

ブーゲンビリアは恐る恐る書状の封を解いた。

繊細かつ丁寧に羅列する文字と、誠実な文章にブーゲンビリアは心を打たれた。

不意に涙が出てしまう程の感動だった。

夢のような現実にまだ心が追い付かず、感情の波が涙となって零れ落ちる。

彼女の母が心配して、顔を覗き込むとブーゲンビリアは泣きながら、微笑んでいた。

「大丈夫…これはうれし涙よ」

ブーゲンビリアの涙に誘われるように、彼女の両親も涙を流すのであった。

数日後、ブーゲンビリアの家では小さいながらも盛大な祝いの席がもうけられた。

一族が祝いに訪れ、皆が夢のような奇跡に喜んでいた。

田舎町の無名の一族が最高神に選ばれたという奇跡は、ハイドレンジアの再来として間もなく国中に知れ渡ることとなる。

王都にいる薔薇族にもこの知らせは届いていた、薔薇族の幹部達は頭を抱えた。

この事をダマスクローズが知れば、結末は見えている。

歴代最恐の暴君であるロサ・ダマスケナの耳に入るのは時間の問題だが、幹部や従者たちは荒れ狂った女王の姿を想像すると、血の気が引くようだった。

そしてこの事は多くの人と神の運命を大きく変化させていくのであった。

ヒメリンゴは世界のどこかで、自分の運命が変化し始めていることを知るよしもなかった。

6　夢の終わり

その訃報は突然だった。

ブーゲンビリアは最高神アヴァロンから選ばれると決まっていた。

彼女の幼少からの夢が叶う、花摘みの儀式まであとひと月という時だ、誰がこんな結末を想像していただろう…


ブーゲンビリアは自殺した。


「ブーゲンビリアが亡くなった?」

ヒメリンゴとグロリオサは突然の訃報に驚きと動揺が隠せない。

ヒメリンゴは言葉を失った、心臓を握られたように胸が痛い。

「どうして、あんなに喜んでいたのに、ブーゲンビリアが自殺なんてするはずがない！」

グロリオサが訃報を知らせに来たカサブランカに詰め寄った。

彼女がここまで取り乱したところを、ヒメリンゴは初めて見た。

カサブランカは、余裕のないグロリオサの腕をしっかりと掴んで言い聞かせた。

「…私もそう思うわ、だけど服毒自殺だと御遺族から伺ったの…グロリオサ、今は落ち着いて弔問に行きましょう」

「…嘘だ、何かの間違いだ、死ぬなんて」

グロリオサは瞳に涙を溜めて、自分に言い聞かせるように呟いた。

ヒメリンゴも夢であってほしいと願いつつ、グロリオサの反応やカサブランカの神妙な面持ちから、現実なのだと思わざるをえないと思っていた。

二人は感情の制御が外れたように、泣き出した。

カサブランカは黙って二人の腕を掴み、悲しみに震えながら涙する姿を黙って見守っていた。

ブーゲンビリアの家に入ると、そこには控えめな小さな祭壇があった。祭壇の前の棺には、ブーゲンビリアがまるで眠ったままのような状態で入っている。

「…」

ヒメリンゴはブーゲンビリアの遺体を前にすると、何も考えられなくなった。思考が停止し、言葉が出てこない。

呼べば返事をしそうなのに、起きだしてきそうなのに、ヒメリンゴの脳内には泣くことしかなかった。

「ブーゲンビリア！」

グロリオサが彼女の名前を何回も繰り返しても、返事は返ってくるはずはない。

「…どうして自殺なんて、私達になんの相談もなしに決めるなよ」

グロリオサは棺を抱きしめるように泣いていた。

その様子を見ていた、ブーゲンビリアの母のすすり泣く声が聞こえる。

ヒメリンゴはスカートの裾をぎゅっと握りしめる。


カサブランカと共に祈りを捧げ、三人は帰ろうとすると、ヒメリンゴ達に話があるとブーゲンビリアの父に呼び止められた。

「今日は娘に会いに来てくれてありがとう、二人には仲良くしてもらって、彼女は元々友人が多いわけではなかったから、いつも二人の話を楽しそうにしていたよ」


ヒメリンゴとグロリオサの止まっていた涙がまた溢れ出した。

「…私の方がブーゲンビリアに助けてもらうことばっかりでした」

「私も彼女の優しさに何度も救われていました、感謝しきれないくらい」

「…そんな風に思ってもらえるなんて、彼女は果報者だ」

ブーゲンビリアの父も泣き腫らした目に涙を溜めて、静かに続けた。

「…娘は自ら毒薬で自殺したと言われたが、僕はおかしいと思っていてね」

ブーゲンビリアの父の言葉に二人の涙が止まり、カサブランカが顔色を変えた。

「自殺じゃない…ってことですか？」

ヒメリンゴ達は驚きをかくせない、カサブランカの表情は落ち着いているようにもみえるが、強張っているようにもみえる。

「ブーゲンビリアの遺体の近くには毒薬の瓶が落ちていたし、自殺で間違いないと警官にも言われた、殺されたという確証は無い。

だが、あんなに花嫁になることを喜んでいたのに、自ら命を絶つだろうかと思ってね」

ブーゲンビリアの父も母も、彼女がどれだけ憧れていたのかを知っているからこそ、自殺をする理由がわからなかった。

それはヒメリンゴ達も同じ気持ちだ、悲しみで精神が錯乱しているわけでもない、無理に他殺にしたいわけではなく、本当に不可解なのである。

沈黙を割くようにカサブランカが言った。

「ブーゲンビリアは最高神から選ばれた…」

カサブランカは真っ先に薔薇族を思い浮かべた。

今までも、百合族は花摘みの儀式で薔薇族の反感を買うと、見せしめのように消されてきたからだ。

しかしブーゲンビリアと百合族は、直接関係がなかった。

「カサブランカ？　どうしたの？」

顔色を変えたカサブランカの様子が気になり、ヒメリンゴが尋ねるとカサブランカは口を噤んだ。

「…カサブランカ、君の見解を聞かせてくれないか？」

ブーゲンビリアの父はカサブランカの様子を察して、発言するように促すとカサブランカは重くなった口から静かに言葉を紡ぎだした。

「薔薇族の女王、ロサ・ダマスケナは前回も前々回の儀式にも参加しませんでした…。

それは最高神が不在での開催だったからです」

「…確か先代の女王はハイドレンジア様が選ばれた時に参加していたが、先代は最高神からは選ばれずに、他の神々からの申し出も司祭特権で拒否したとか」

カサブランカの語気が強くなっていく。

「薔薇族王家はどうしても最高神の権能を手に入れたい、そのためには何が何でも最高神に降嫁しなくてはならない、十数年待ち続けたこの機会を逃すわけにはいかないから…」

ブーゲンビリアの父はぐっと拳に力を入れた。

ヒメリンゴとグロリオサも息を飲みこむ。

「薔薇族は容赦なく花嫁候補を排除するはず、我々の同胞や遠縁の一族も薔薇族に邪魔者とみなされれば殺害されています、表向きには事故や自殺などと処理されてしまう」

「…やはり…」

悔しさから堪えていた涙が目元をつたって落ちていく、ブーゲンビリアの父は怒りよりも娘を失った喪失感と、やり場のない思いに愕然とした。

カサブランカは話し続けるべきかと悩んだが、誠意を持って口にすることにした。

「この国では薔薇族は絶対的な存在、民衆の憧れであるロサ・ダマスケナが裏の顔を持っていると知っている者はあまりいないのです。事実も操作され、嘘が真にされてしまう」

核心に迫るような証拠がなくとも、カサブランカの鬼気迫るような表情から、その場にいる全員がブーゲンビリアは〝殺された〟ということをさとった。

最初に口を開いたのは、正義感の強いグロリオサだった。

「ブーゲンビリアは何も悪くないのに、そんな理由で殺されたのか？ダマスクローズは自分が最高神の花嫁になるために犠牲にしたっていうのか？」

グロリオサが力強く拳を握りしめる、爪が食い込むほど力強く。

ヒメリンゴは彼女が怒りを必死に耐えているのだと、思った。

（グロリオサ…）

ヒメリンゴは何も言うことが出来なかった。

ブーゲンビリアの家を後にしたヒメリンゴ達は、もう日が沈みそうな薄暗い道をとぼとぼと歩いている。

夕暮れの沈黙を裂くように、死を知らせるカラスの鳴き声が響き渡っている。

カサブランカもグロリオサも、ヒメリンゴも、各々がこの暗殺事件の事を考えていた。

二人の考えはわからないが、グロリオサの怒りは表情に出ているし、カサブランカの顔つきも険しい、ヒメリンゴは未だになんと声をかけるべきか考えつつも、どうにかして証拠をつきとめたいと考えていた。

（…死んだ人と話せるなら、ロキ様ならわかるかもしれない）

ヒメリンゴは先日、広場で会ったロキを思い出していた。死者の声を聞く権能を持つロキならばブーゲンビリアから聞いているかもしれない、そう思ったのである。

だが冥界にいるロキにどうやって会いに行けば良いのか、ヒメリンゴの知識の中には何もなかった。

「ヒメリンゴ！　聞いているのか！」

悶々と考えを巡らせていると、グロリオサが何度も呼んでいたらしく、何度目かでようやく気が付いた。

グロリオサの語気が普段よりも強く感じる。

「ごめん…考え事してた」

「…私はあの薔薇の女王を許さない…」

話が噛み合わない程考え込んでしまったのか、グロリオサが唐突に言った。

「グロリオサ、敵討ちするつもり？」

「…ダマスクローズを最高神の花嫁にさせない、させてはいけないんだ」

グロリオサの異様な様子に一緒にいたカサブランカが口を挟む。

「グロリオサ、勢いだけで突っ走っては駄目よ」

「カサブランカは仲間が殺されても、仕方がないって割り切れるのか？」

「…そうではないわ、うかつに手を出せる相手ではないからよ」

一貫して語気の荒いグロリオサに、カサブランカは冷静に淡々と話す。

ヒメリンゴは二人のやり取りに圧倒されて、ただ黙って見守るしか出来なかった。

グロリオサが人一倍、正義感が強く勇敢であることを知っているだけに、親友の一人が理不尽な理由で殺されたと知れば、怒りが溢れて止まらないはずだ。

カサブランカに対しても、薔薇族がどういう一族かを理解し、彼女が怒りを抑え、耐えるしか選択の余地がなかった、祈り続けるしかなかったことを言葉の節々から感じ取れる。

「…割り切っているのは、逃げているのと同じだ…」

グロリオサはカサブランカの言葉に反論する。

「…そうね、逃げていると言われればそうだと思うわ」

「…私はブーゲンビリアの死から逃げたくはない」

冷静さを失わないカサブランカにグロリオサは当てつけるように言葉をぶつけ、走り去っていく。

カサブランカは彼女を説得できなかったことに、肩を落とした。

「カサブランカ…今のグロリオサは気が動転してるだけなんだ…後でちゃんと謝ると思うから…ごめん」

ヒメリンゴは落胆するカサブランカに、グロリオサの代わりに詫びを入れる。

「私のことはいいの、グロリオサを引き戻すことが出来なくて、謝るのは私の方だわ」

負い目を感じているカサブランカにヒメリンゴは静かに言った。

「…誰も謝らなくていいんだよ、きっと」

「…ありがとうヒメリンゴ、貴方は優しいわね」

「全然、みんなの方が優しいよ」

ヒメリンゴはグロリオサを追いかけるとカサブランカに伝えると、彼女の後を追いかけた。

グロリオサの頭の中は冷静さを失っていた。

（どうしてブーゲンビリアなんだ）

（どうしてここにブーゲンビリアがいないんだ）

（どうしてダマスクローズを許すんだ）

（ダマスクローズを許す国が憎い、世界が憎い）

（ダマスクローズが憎い）

（私の親友を奪ったあの女王に、同じ思いをさせてやりたい）

流す涙は涸れた、グロリオサの胸中には怒りと憎しみしか残らない。

沸々と湧き上がる怒りで体が熱くなってくる、無我夢中で走り出したが疲れて、グロリオサは立ち止まっていた。

急いで追いかけていたヒメリンゴは、彼女の姿を発見するなり逃がすまいと、腕を摑んだ。

息を切らし、全速力で追いかけてきたことがわかる。

「…カサブランカ、心配していたよ…」

「…悪かった」

グロリオサは俯いたまま、ボソッと謝った。

「カサブランカに直接言ってよ…きっと安心する…」

彼女は黙っていた。

まだ荒い呼吸で、ヒメリンゴは言った。

「…グロリオサ、早まらないでよ？　明日カサブランカのところに一緒に行くんだからね」

グロリオサはわかったと一言、薄い反応で言った。

そのまま二人は会話せずに別れた。

ヒメリンゴはグロリオサを慰めることも、止めることも出来ない自分に涙が出た。

自分の無力さに、今一度流れた涙はなかなか止まることはなかった。

ブーゲンビリアの死は、天界にいる最高神アヴァロンにも届けられた。

アヴァロンの生来の側近であるロベリアが司祭である薔薇族からの情報を受け取ると、アヴァロンへ速やかに伝えられた。

「アヴァロン様、花嫁候補であった九重葛族の娘　ブーゲンビリアが亡くなったとのことです」

アヴァロンは耳を疑った。

「何故だ？　病など持っていなかったはずだ」

「…司祭からの報告によれば、自殺であったと聞いております」

ロベリアは薔薇族からの報告書を粛々と読み上げる。

「…自殺？　どうして自ら命を絶った…理由はなんだ？」

「…おそらく、神の花嫁となることに重圧を感じていたのではないかと…ましてやアヴァロン様は最高神、並の重圧ではありますまい…」

アヴァロンはロベリアの報告に言葉を失って、その場に倒れこんだ。

近くにいた従者たちが慌ててアヴァロンの元へ駆け寄った。

従者達に支えられて、アヴァロンは体を起こすが大きな衝撃に精神はついていかない。

「…アヴァロン様、儀式はどうなさいますか？」

「何を言っているロベリア、今はそれどころではあるまい！」

動揺しているアヴァロンに追い打ちをかけるように、ロベリアが投げかけると高齢の従者がロベリアに止めるように言った。

ロベリアは眉をピクリとも動かさず、冷徹な表情のままだった。

「しかし、事前訪問までしておいて、中止には出来ません。他の神たちとの兼ね合いもありますので…」

「しかし、そのように急がなくてもよかろう！　今はアヴァロン様のお身体の方が急を要する！」

高齢の従者はロベリアを強い口調でたしなめた。

「…もう良い、止めよ」

言い合いをする側近と従者に、アヴァロンは厳しく言った。

二人はアヴァロンの言葉通りに静止した。

「儀式は中止にはしない、今はそれだけだ…」

アヴァロンは力無くそう言うと、従者の肩に摑まりながら寝室へ向かった。

アヴァロンの去った部屋に一人、ロベリアは残った。

ロベリアは不敵に口元を歪ませて、薔薇族からの書簡を見つめた。

（相変わらず…我が主は精神が脆い、まあこれも計算の内というわけか…）

アヴァロンは聡明で気の優しい神だと知れているが、その一方で精神的に脆い一面も持ち合わせていた。

ハイドレンジアの死後、随分と病んでいたのも精神的に立ち直れなかった為だった。

アヴァロンが臥せっている間、執務を任されていたのがロベリアである。

ロベリアはアヴァロンに幼い頃から仕えており、冷静沈着で取り乱すことがない寡黙な男。彼はアヴァロンから絶対的な信頼を寄せられていた。

数時間が経過しても、アヴァロンの具合は良くなることはなかった。

激しい頭痛や眩暈に耐え切れず治療に専念する為、アヴァロンは司祭とのやり取りをロベリアに任せることにした。

「済まぬが儀式のことはお前に任せる、ロベリア」

「御意」

ロベリアは儀式司祭の薔薇族の元へ向かった。


薔薇族の居城には、当然の如く女王ダマスクローズがいる。

「意外と早いお着きでしたね、上手くいったようだわ」

ダマスクローズはロベリアの到着に、満足そうに微笑むが、冷笑じみたその笑みをロベリアは鼻で嗤った。

「…念のため書簡に入っていた神経毒も使ったからな、しばらくはあのままだろう」

「最高神お墨付きの側近が…なんて悪い方なのかしら」

ダマスクローズは否定的な言葉を吐きつつも、怪しげに笑っている。

「…貴方もそれは同じだろう…アヴァロン様から儀式のことは任せると仰せつかった。

貴方の思惑通りに進んでいる」

ロベリアは表情を変えず、真っ直ぐにダマスクローズを見ていた。

心が凍ったような冷徹な瞳は彼女とどこか似ている。

「そうね、神経毒を使ったのなら手間が省けたわ、最高神は儀式には出てこられないはず。貴方には最高神からの書状を偽装してもらわないとね」

「…アヴァロン様が貴方宛てに書き直したということにするのか、書状があれば貴方の降嫁は確定するが、アヴァロン様が書いていないと言ったらどうする」

「儀式に出られないし、もっと毒を盛ってしまえば話すことも出来なくなるでしょう？

何も心配いらないわ」

ダマスクローズはロベリアの不安を蹴散らすように、自信に満ち溢れた顔で高笑いをした。

「…俺にまた毒を盛れと?」

「貴方以外に誰がやるの? これも取引のうちよ」

「…わかった、だがこれで取引分の仕事はした、報酬は必ず払ってもらう」

ダマスクローズの挑発的な態度に、ロベリアは苦虫を嚙み潰したような顔をして答えた。

「勿論、貴方の望みは叶えるわ」

「…では俺は天界に戻る、今日中に書状は貴方の元へ届けさせる」

冷たい微笑みを浮かべて嘲笑うような彼女の狂気にも、冷静さを失わなかった。

天界へ戻るとロベリアは直ぐに、アヴァロンが書いたように書状を書き上げた。

書状をすぐさま王都へ届けさせる手配をして、次の工程へと移る。

ダマスクローズが渡した新たな毒薬を握りしめ、廊下を進んだ。

アヴァロンの寝室の前に来て、ノックをしようとすると体が震えていた。

（…主に毒を盛っておきながら、今更、躊躇するとは…）

ロベリアは大きく息を吐いて、再度扉をノックした。

「失礼致します、アヴァロン様お加減はよろしいでしょうか？」

扉の向こうからアヴァロンの声は聞こえない。

代わりに出てきたのは、ロベリアと言い合いになった高齢の従者だった。

「…今は落ち着いておられるが、先程まで酷く眩暈に苦しまれておられた。話なら手短にせよ」

ロベリアは無言で頷いた。

従者の言葉通り、アヴァロンは真っ青な顔でぐったりとしている。

「…アヴァロン様、儀式の準備は滞りなく進んでおります。今は治療に専念なさって下さいませ」

「…やはりお前は頼りになる…引き続き頼んだぞ…」

アヴァロンはロベリアに毒を盛られたとは思っていなかった。

彼のことを本当に信頼しているからであった。

アヴァロンの力無く言った言葉が、ロベリアの胸に突き刺さったようだった。

(この御方は…どこまでお人好しなのか…)

自分の為に何十年も仕えてきた主へ謀反を働いていることに、罪悪感が芽生えるのを彼は必死に押し殺した。

アヴァロンはそのまま眠ってしまったので、ロベリアは高齢の従者に、毒薬を精神の安定によく効く薬だといって飲ませるように渡した。

従者は特効薬かと喜んで受け取った、ロベリアの表情は相変わらず無表情に近い、冷徹なままだ。

彼の表情が変わるのを、殆どの者が見たことが無いというくらいロベリアは感情を表に出すことはしてこなかった。

アヴァロンの寝室から自室まで戻ってくる間、普段の倍以上の時間が掛かったと感じる程、ロベリアの心中に余裕はなかった。

息をするのを忘れていたように、部屋に入るなり急いで息を吸い込む。

冷や汗で背筋がゾクリと悪寒がする。

（……俺は悪魔と取引をした、もう後には引けない）


両手で顔を覆い、何度も息を吸っては、吐きを繰り返すが心臓の鼓動は動揺しているせいか、激しく打ち続けている。

（やるべきことはやった、あとは薔薇族から報酬の秘薬をもらえれば…）

両手の隙間から、温かい涙が一筋落ちた。

「…秘薬があれば、俺は生きられる…」

冷徹な瞳から流れ落ちる涙は、ひた隠してきた彼の本心だった。

その日の夜遅く、ロベリアの書いた書状はダマスクローズの元へ。

「さすが最高神の側近、仕事が速いわ」

　書状に目を通すと彼女は満足げに嗤う、周りの従者達は彼女の狂気に震えあがる中、一人の従者が彼女に質問を投げかけた。

「…ロサ・ダマスケナ、本当によろしかったのですか？　最高神の側近を利用するなど…」

「何？　文句があるっていうの？」

　ダマスクローズの目の色が変わった、従者達は思った。なんて恐れ多い、なんて命知らず、きっと殺される、そう思っていた。

「…口答えするなんて腹立たしいけれど、今日は気分がいいから罰は与えないわ」

　従者達は摑まれていた心臓が解放されたようだった。

　機嫌の良い彼女の皮肉な笑い声が響いた。

　眠れない一夜が過ぎた。

　グロリオサの心の中には、まだ止まらない怒りと憎しみしかないままだ。

怒り、怒り、怒り、それしかない。

「…ダマスクローズ…」

最高神に選ばれた花嫁候補、ブーゲンビリアの死は国中に広まる。
号外の新聞には、最高神の妻になることへの重責から心の病となって自殺をした。

と書かれている。

ブーゲンビリアがそう語っていたかのように書かれた新聞に、グロリオサは更に怒りつのらせた。

「そんなわけがあるか…こんなのおかしい」

さらに読み進めると、ブーゲンビリアの代わりにダマスクローズが花嫁候補になったと書かれていた、ブーゲンビリアの遺志を汲み、他の神々の求婚は受けないと決意したとまで書いてある。

グロリオサは新聞をグシャグシャに丸めて、床に叩きつけた。

もう怒りは止まらなかったし、抑えることは出来なかった。

悔しくて、苦しくて、憎くて…

怒りはダマスクローズへの明確な殺意へと変化していった。


同じ頃、ヒメリンゴは配られた号外を持って、急いでグロリオサの元へ向かっていた。

（こんな記事をグロリオサが見たら、きっと…）

ヒメリンゴは嫌な予感しかしなかった。

グロリオサの怒りは頂点に達している、敵討ちする相手には分が悪すぎる。

全速力で駆け抜けて、ヒメリンゴはグロリオサの家までたどり着いた。

すぐさま呼び鈴を鳴らすと彼女の母が出てきた。

「どうしたの？　ヒメリンゴちゃん、そんなに急いで？」

「あ、あのグロリオサ、いますか！」

「私ならここにいる、どうかしたのか？」

母の後ろからグロリオサは、ひょっこりと顔をのぞかせた。

ヒメリンゴは自分が想像していたより、元気そうな彼女に少し安堵した。

「…良かった、グロリオサいたっ！」

「急に、珍しく迎えに来るから驚いたよ」

ヒメリンゴが握りしめていた新聞を、差し出そうとすると、彼女もそのことかと察した。

「場所を変えよう」

グロリオサは小声で言うと、家の外へ出ていくヒメリンゴもそのあとを追った。

少し歩くと川沿いの道に出る。

まだ朝早いせいか、辺りには人もいない。

側を流れている川は穏やかに流れ、朝日で水面が光って見える。

二人は土手へ腰かけた。

「グロリオサはこの記事、もう見たんだね」

「見た…ヒメリンゴはどう思った？」

「私はブーゲンビリアがそんな風に悩んではいなかったと思う。亡くなる前日に会った時だって、儀式のことを楽しみにしてるって言ってた…自殺じゃないと思う」

ヒメリンゴの答えに、グロリオサも頷いた。

「私も同意見、カサブランカが言っていたとおりだと思う。ブーゲンビリアは薔薇族に…ダマスクローズに殺されたんだ」

グロリオサの表情にはダマスクローズへの憤りを感じさせる。

「…そうだとしても、この国でダマスクローズが殺したなんて誰も信じないよ」

「…確かに薔薇族はこの国の支配権を持っている、神殺しを討った英雄だから誰も疑わない。ことの発端が薔薇族によるものだとしても…」

グロリオサは淡々と話しているが、心はどこか別の場所を見つめているように見える。

　ヒメリンゴはグロリオサの雰囲気に、不安が広がった。

「…今も根付いているから、薔薇族を疑わない」

　二人の答えは同じはずなのに、証拠が無いことやダマスクローズが薔薇族の当主であることによって、ヒメリンゴの考えは纏まらなかった。

　どうにかしてグロリオサの怒りを少しでも抑えたかったが、ヒメリンゴはただ心の中で葛藤するしか出来なかった。


　唐突にグロリオサが切り出した。

「ヒメリンゴはおかしいと思わないか？」

「…おかしいと思うよ、でもどうすればいいのかわからないんだ」

　ヒメリンゴは葛藤のあまり、諦めそうになっていた。

　グロリオサはヒメリンゴの答えを払拭するように、答えを言った。

「ダマスクローズに報復すればいい」

ヒメリンゴは思わず彼女の顔を見た。

グロリオサの言葉の端々に散りばめられた、ダマスクローズへの怒りと憎しみがヒメリンゴにも嫌という程、伝わってくる。

グロリオサは本気だ。

彼女の瞳には迷いは無かった。

「…グロリオサ、やっぱり敵討ちするつもり…」

「もうそれしか考えられないんだよ」

ヒメリンゴと目も合わせずにグロリオサは言った。

グロリオサの覚悟を決めたような横顔に、ヒメリンゴの胸は締め付けられたように、苦しかった。

「グロリオサ、そんなの止めてよ！」

ヒメリンゴは語気を荒くして、彼女に掴みかかった。

ここで彼女を止められなければ、おそらくグロリオサは本当にダマスクローズの元へ向かってしまう。

「ここで立ち止まれば、ブーゲンビリアは理不尽に殺されただけだ…あんなに花嫁になりたがっていたのに、嘘まで流されて、惨めすぎる」

ヒメリンゴに揺さぶられながらも、グロリオサは淡々と言葉を返し続ける。

必死に彼女を引き留めようとするヒメリンゴは、彼女を掴んでいる腕に力が入る。

今にも泣きだしそうな悲痛な表情で、ヒメリンゴはその手を離さなかった。

「グロリオサ、失敗したら…死んだらどうするの？　ブーゲンビリアだって望んでないよ！」

ヒメリンゴに掴まれた腕が、じんわりと熱い。

「…じゃあ私はこの怒りを、憤りをどこへ向けたらいい？　大切な親友の一人を奪われて、この憎しみを奴へぶつけずにどうすればいい？」

ヒメリンゴの手から力が無くなった。

彼女の言葉にヒメリンゴは何も言い返すことは出来なかった。

慰めの言葉も、たしなめるような立派な言葉も、何も見つからない。

グロリオサの言っていることは、ヒメリンゴも同じ考えだったからだ。


「今日はもう帰ろう、ヒメリンゴ」

「…うん」

二人は並んで歩かずに、グロリオサは少し先を歩いた。

ヒメリンゴは少し後ろをついていく、グロリオサは前を見据えたまま、一言も話さなかった。

「グロリオサ…」

「…」

彼女は沈黙を貫いた。

グロリオサの家の近くまできた頃、彼女は向き直りヒメリンゴの顔を見た。

地の底まで沈み込んでいきそうな、沈鬱な面持ちのヒメリンゴが目の前にいた。

明朗快活なヒメリンゴが沈んだ様子に、彼女の心も揺さぶられたが、彼女は揺るがない。

「…ヒメリンゴ、ごめん。八つ当たりみたいな事をして」

「…そんなの気にしないでよ、仕方ないよ…」

「でも、さっきの言葉は本当だ」

グロリオサの決意は変わらないままだ、真っ直ぐにヒメリンゴの瞳を見る。

その決意の重さを示すように、彼女の表情には一点の曇りもなく、真剣な表情だ。

「…本気？」

「ああ、だからもう私とは会うな」

「何言ってんの！」

「ヒメリンゴに迷惑かけたくない、これは私が勝手に決めたことだから。

上手くいったとしても、失敗しても、私がすることは薔薇族への反逆行為だ」

「死ぬ気？」

「その覚悟の上だ、それでブーゲンビリアに報いることができるのなら、私はそれでも構わない」

真摯な言葉でグロリオサは語った。

ヒメリンゴとグロリオサの付き合いの長さから、お互いの考えていることはわかっていた。

ヒメリンゴは止められないとわかりつつも、再びグロリオサの胸倉を掴みかかり、泣きながら幼稚な言葉を並べてぶつけた。

「…馬鹿！　脳筋！　男女！　頑固！

なんで…死ぬとか止めてよ」

グロリオサは黙って、ヒメリンゴの精一杯の罵声を受け続けた。

「…ヒメリンゴは死んではいけない、絶対」

「勝手なこと言わないでよ、私だけ生きろとか…」

「…ごめん、ヒメリンゴ」

グロリオサはそう言って、ヒメリンゴを突き放した。

そのまま振り切るように、自宅へ駆け込んで行く。

鍵をかけてグロリオサはヒメリンゴが去るのを待った。

ドアの向こう側でグロリオサの堪えていた、涙が頬をつたって落ちていく。


ヒメリンゴは返せる言葉もなく、立ち尽くしていた。

ドアの音に気が付いたグロリオサの母が、玄関の方へやってきたので、グロリオサは慌てて涙を拭いた。

「あら早かったわね、また喧嘩したの？　また貴方が乱暴な言葉を使うから」

「…喧嘩みたいだけど、喧嘩じゃないよ」

「？　早く仲直りしなさいね」

「…わかってる…」

グロリオサは母とのやり取りをそこそこに済ませると、二階の自室へと上がっていった。

（…仲直りか…もう無理かもしれないな）

二階の窓からヒメリンゴの姿を確認すると、グロリオサは心の中で一人呟いた。


どの位の時間が経ったのかもわからなくなるほど、茫然としていた。

いつまでも待ったところで、グロリオサは出てこないだろう。

彼女の意志が強いことはヒメリンゴにもよくわかっていた。

（…私だけじゃ、どうすることも出来ない）

どうすればいいのか、明確な答えはいくら考えても今のヒメリンゴには限界があった。

ロキに会えば真相を知っているかもしれないが、ヒメリンゴは冥界へ向かう術を知らない。

近くにいて博識な人物といえば、思い当たるのは百合族のカサブランカとヤマユリだけだった。

考えがまとまった頃、ヒメリンゴは教会に向けてひたすら走っていた。


勢いよく教会の扉を開けると、ヤマユリの怒声が飛ぶ。

「こらー！　この小娘が！　乱暴に扱うなとあれほど…」

ヤマユリは普段通りヒメリンゴを叱責するつもりだったが、呼吸を乱し、泣き腫らした様子に思わず声をあげるのを止めた。

「何じゃ、どうした？　何かあったのか？」

「…冥界、冥界に行く方法が知りたい」

「冥界？　何を言い出すと思えば、死んだ人間に会いに行くとでもいうのか！」

突拍子もないことを言い出すヒメリンゴに、ヤマユリは呆気にとられた。

教会にいる二人の様子が気になったカサブランカが、奥の部屋から顔を出した。

ヒメリンゴの尋常ではない様子に、カサブランカはヤマユリにすがるようにしがみつくヒメリンゴを引き剝がし、その間に立った。

「落ち着きなさい、ヒメリンゴ。一体何があったの？」

「…グロリオサを止めたいんだ、このままじゃグロリオサまで殺される」

ヒメリンゴの必死な訴えに、カサブランカは大きく頷いた。

引き剝がした手を、しっかりと握ったままヒメリンゴの話に耳を傾ける。

「冥界に行って、死者の話を聞ける神様に会って、ブーゲンビリアがどうして死んだのかを教えてもらう…決定的な証拠が無いとグロリオサが…」

「ヒメリンゴはその神を知っているの？」

「事前訪問の時に話したんだ。冥界にいて冥王様の補佐をしているって、権能は死者の声を聞く力だって言っていたから…名前は〝ロキ〟様」

「ロキぃ？」

ヤマユリがロキの名前を聞くなり、声を裏返した。

「ロキ…この方の名前、どこかで…ってヤマユリは知っているの？」

カサブランカが思案を巡らせていると、ヤマユリの思いがけない反応に驚いた。

「ロキとは異界の邪神の名と同じ、彼はダリアと秩序の神の間の子。オルディネ家の忌み子ではないかと…」

ヒメリンゴはヤマユリの言っていることがよくわかっていなかった。

「どういうこと？　ロキ様はロキ様じゃないの？」

「ヒメリンゴの知っているロキ様と、ヤマユリの言っているロキ様は同じ。オルディネ家とは秩序の神を輩出する天界の名家のこと」

秩序の神の後継者はオルディネ家によって、婚約者を既に決められた状態となるため。

花摘みの儀式で花嫁を選ぶことはなかった。

ロキの父親、秩序の神レゴールも伝統にのっとり、結婚するはずだったがレゴールは外遊先で出会った硝子職人ダリアと恋に落ち、かけおちするものの、オルディィネ家により二人は別々に拘束され幽閉された。

オルディィネ家はダリアと彼女の連れていた幼子を、罪人として処刑するように決定したが、ダリアがハイドレンジアの姉であるということもあり、アヴァロンによって二人の命は守られた。

オルディィネ家の怒りは収まらず、幼子の名を異界の邪神ロキと名付けて蔑んだ。

これがオルディィネ家の忌み子である。

幽閉されていたダリアが獄中で亡くなると、叔母にあたるハイドレンジアに引き取られた、父親であるレゴールは今も幽閉されたままだという。

「…最高神の甥」

「引き取られたあと、何故冥界に行くことになったのかはわかりませんが。彼が最高神の甥ということは、紛れもない事実です」

ヤマユリは真剣な顔で答えた。

「…ロキ様が邪神でも、最高神の甥でもどっちでもいい。冥界に行って協力してくれるようにお願いする」

ヒメリンゴは早く冥界に行く方法を知りたかった。

焦る気持ちが彼女をやきもきとさせていた。

「…生きて冥界に行く方法はあるの？」

ヒメリンゴの問いにカサブランカとヤマユリは顔を見合わせ、ヤマユリが首を横に振った。

「方法は知っているが、今は出来ない」

「…無理なの…」

ヒメリンゴはヤマユリの言葉にがっくりと肩を落とす。

ショックを受ける彼女をカサブランカが優しく抱きしめた。

愕然とするヒメリンゴの様子に、ヤマユリは発破をかけるような気持ちで言った。

「今は出来ないと言っただろう、方法は説明しておらん」

期待させるような言葉になってしまいそうで、ヤマユリは少し躊躇っていたがヒメリンゴを早く立ち直らせたいという一心で、ヤマユリは続けた。

「この教会の後ろに丘があるだろう、丘の上の石門を知っているか？」

「…いつからあるのかわかってない、古い石門のこと？」

ブゲット郊外にある、この教会の裏手には小高い丘があり、その丘の上には古い石門がそびえ立っていた。

石門はブゲットの歴史的建造物とされているが、誰がいつ建てたものなのかは解明されていない謎の建造物だ。

「あの石門は新月の晩に、冥界の門として開かれる」

「あの古い石門が？」

ヤマユリの言葉にヒメリンゴは目を丸くした。

「元々は古い言い伝えだったが、最近は生き疲れた者が冥界に行けば楽になれると、あの門をくぐる」

「…本来、生者が行ってはいけない場所だから、大抵の人は追い返されるけどね」

ヤマユリとカサブランカは再び顔を見合わせた。

ヒメリンゴは二人の話に興味深く耳を傾けていたが、今日は新月の晩ではない。

「…でも今日は新月じゃなかったよね」

ヒメリンゴは現実に引き戻され、表情を曇らせた。

「次の新月まであと四日あるわ、間に合うといいのだけど」

カサブランカの言う具体的な数字が、三人の空気を更に重くさせた。

「グロリオサは何と言っていた?」

ヤマユリがヒメリンゴの顔を心配そうに覗き込んだ。

「…グロリオサはダマスクローズへの報復に、本気だと思う。止めても、意志が強いから揺るがなかった」

ヒメリンゴの声が震えた。

(…もっとちゃんと引き留められれば、こんなに焦らなくて良かったのに…)

自分のふがいなさへの後悔がヒメリンゴの心中に根深く残る。

「…とにかくグロリオサの説得を続けるしか、今のところ方法はないわね」

「うん、今出来ることをやる…」

ヒメリンゴは新月の晩まで、グロリオサの家まで行って説得することにした。

カサブランカ達は独自に、何か証拠を摑めないか探すと、ヒメリンゴに約束した。

次の日、ヒメリンゴはグロリオサの家に行ったが、彼女が家から出てくることはなかった、家族には具合が悪いと言っているらしく会うことは出来なかった。

また次の日も、彼女は具合が悪いからと出てくることはない。

ヒメリンゴは手紙を書いて、渡すようにお願いした。


四日目、今日の晩は新月だ。

ヒメリンゴは今日もグロリオサの家に行く。

家に着くと、庭先で花に水やりをしている彼女の母にグロリオサの具合を聞いてみる。

「あの、グロリオサの具合はどうですか？」

ヒメリンゴの声を聞くなり、彼女の母は驚いたように近寄った。

「え？　あの子、具合が良くなったから、ヒメリンゴちゃんと出かけるって…入れ違いになっちゃったのかしら！」

ヒメリンゴの脳裏に嫌な予感が走る、そんな約束はしていない。

（…グロリオサまさか…）

「あ、あのどこに行くって、行ってましたか？」

「今日は王都で、薔薇族主催の祭りでしょう？」

（薔薇族！　やっぱり本気だ）

ヒメリンゴはグロリオサが、ダマスクローズを襲撃するつもりだと間違いなく確信した。

ブゲットから王都までの道のりは、歩いていけるような距離ではなかった。

彼女の母によると、グロリオサは親戚の馬車に乗っていき、ヒメリンゴを途中で拾って一緒に行くと言っていたらしい。

ヒメリンゴは走って追うことは出来ないと思い、カサブランカ達の元へ急いで向かった。

威勢よく扉を開け放ったが、ヤマユリの怒声が飛ぶことはない、ヒメリンゴの様子から状況が切迫していることを二人は悟った。

「グロリオサが王都に向かってる、後を追わないと！」

「わかった、馬車を用意するわ」

カサブランカはそう言って頷くと、急いで仕度を調え始めた。

ヤマユリが教会の納屋から、馬車を出すとヒメリンゴもヤマユリと一緒に、馬車の整備を手伝う、焦る気持ちで手が震える。

ヤマユリはヒメリンゴの状態に目もくれずにテキパキと整備を終えた。

「シャキッとおし、気持ちを持っていかれてはならん」

ヤマユリはヒメリンゴの背中を平手でバシバシと叩いた。

「…！　ありがと…」

ヒメリンゴはヤマユリの激励に目が潤んだ。

〝諦めるな〟と心に言い聞かせる。


支度が調い、カサブランカ達は修道服から狩人のような服装に着替えた。

ヒメリンゴの服装は元から動きやすいものだったので、そのままだ。

カサブランカとヒメリンゴが馬車へと乗り込むと、ヤマユリが馬に鞭を打って豪快に走り出した。

「お嬢様、ヒメリンゴ　しっかり掴まって下さい」

激しく揺れる馬車に、カサブランカは余裕で髪を束ねている。

「か、カサブランカ、この馬車大丈夫なの？」

ヒメリンゴは揺れる馬車に掴まっているのが精一杯だ。

「大丈夫よ、この馬車は古いけど丈夫に出来ているから」

「そうなの、めっ…ちゃくちゃ揺れてるけど？」

「ヤマユリの馬は足が速いのよ、大丈夫」

ヤマユリが鬼の形相で馬を走らせる、カサブランカは慣れた様子で平然としていた。

馬車が王都へと近づき、人通りが多くなってきたので、ヤマユリと馬車は王都の入り口付近で待つことにした、百合族だとバレないように、カサブランカはローブを被って顔をかくす。

二人は王都の中へと入っていった。

「凄い人、グロリオサ、見つけられるかな？」

ヒメリンゴは心配そうに辺りを見回した。

お祭りムードの王都の城下はとても賑わっている、ヒメリンゴ達は祭りなど目もくれずにグロリオサの姿を探した。

「ヒメリンゴ、あれを見て」

カサブランカが控えめに指す先には、王城の前の特設された演説台があった。

「…ここでダマスクローズが演説するってこと？」

「…そうでしょうね」

カサブランカが厳しい顔つきで、演説台を見ている。

ヒメリンゴは辺りをきょろきょろと見回すが、グロリオサの姿は見つけられなかった。

「グロリオサ…どこ行っちゃったんだよ…」

「一般人は城内に入ることは出来ないし、ダマスクローズがここへ来るのなら、彼女も近くにいるはずよ」

二人は別々に探すことにした。

「ヒメリンゴ、ここで別行動するけれど、騒ぎが起きたら無理に深追いしては駄目よ」

カサブランカがヒメリンゴに暴走しないようにと釘を刺すと、ヒメリンゴは黙って大きく頷いた。

人混みをかき分けて城の周辺を探していく、見渡す限りの人、人、人。

ヒメリンゴは焦りから、気が散って集中出来なかった。

（どこ、どこに！　早く探さないと！）

焦る心中と矛盾しているように感じる程、埒が明かない。

別方向から探す、カサブランカは取り乱さずに黙々と周りを探し続けていた。

ローブが人混みで脱げてしまわないように、頭のフードを深々と被って視線を動かしていく、人の往来の激しい道でカサブランカは、同じようにフードを被った少女の姿を見かけた。

僅かだったがフードから赤髪が確認できた、カサブランカは急いで彼女の後を追う。

大声で呼ぶわけにもいかず、カサブランカは必死にグロリオサらしき人物を追い続けた。

必死に追いかけていると、彼女は立ち止まりカサブランカの方へ向き直った。

「…カサブランカ？」

ぼそりと、小声で言うとフードを少し持ち上げて彼女は顔を覗かせた。

「グロリオサ！　良かった」

カサブランカは彼女の姿を確認すると、瞳を潤ませて言った。

グロリオサはカサブランカの手を取ると、道の端へと寄って細い路地へと誘導した。

路地へ来るなり彼女はカサブランカに頭を下げた。

「…カサブランカ、この間は八つ当たりしてごめんなさい」

「そんなこと気にしないで、貴女はとても正義感が強いから、間違ったことが許せないのよね…」

カサブランカは、彼女の正義感の強さに敬意を表しつつ、自分の不甲斐なさを噛み締めていた。

「…止めにきたんだろ？」

「…ええ、今は別行動しているけどヒメリンゴも一緒よ」

「…ヒメリンゴ、やっぱり諦めてくれなかったか…」

グロリオサはヒメリンゴを裏切ったような気持ちだったが、ヒメリンゴのお人好しぶりに少し罪悪感が和らいだような気がした。


ここ数日間、何度も家に尋ねて来ていたのを仮病で無視し続けていた。

それなのに、ヒメリンゴが諦めなかったことを彼女はわかっていた。

「まだ、友達でいてくれるんだな…」

「だから、全力で貴女を止めに来たの、戻ってきてくれるわね？」

カサブランカはグロリオサの手をとって、真剣な表情で問いかけた。

グロリオサは俯いたまま、少しの沈黙のあと首を横に振った。

カサブランカは感極まった声で嘆息する。

「…どうして？」

「…私がブーゲンビリアの為に出来るのは、これ位しか考えつかない」

グロリオサは諦めたような顔ではなかった、しっかりと前を見据えて戦士のような凛々しい顔つきは、グロリオサの決意そのものだった。

「報復に失敗してもいいんだ、私の死で誰かの心に火が付けられたならそれでいい。

ブーゲンビリアが殺された事実を風化させないために、薔薇族への反逆の火種に私はなる」

カサブランカは彼女の決意に圧倒された、そして自分自身に問いかけた。

(私は彼女に言われた通り、逃げていたんじゃないの?)

今まで薔薇族の猛威に、耐えているばかりだった自分を見つめ直す、カサブランカは思った。

「…貴女に言われた通りだったわ、私も薔薇族に報復する理由はあったのにね」

カサブランカはグロリオサをもう止めようとはしなかった。

彼女はカサブランカの配慮に、笑顔で答えると最後に言った。

「カサブランカ、身勝手な願いだけどお願いできるか?」

カサブランカは勿論と快諾した。

「…家族と、ヒメリンゴのことをお願いします。

あと…来てくれてありがとう」

グロリオサはそう言うと、フードを深くかぶり直して雑踏の中に戻っていった。

彼女の言葉と清爽な笑顔をカサブランカは深く心に刻み付けた。

カサブランカの瞳から一筋、涙がこぼれ落ちた。

「…私も彼女を見習わなければいけないわね…」

ヒメリンゴはカサブランカとは合流できずに、演説台の前まで戻ってきていた。

彼女がグロリオサと会ったとは知らず、ひたすら探し続けていると城前からファンファーレが鳴り響いた。

「…これって、開始の合図?」

演説台の前には大勢の観客が大声援を送っている、観客たちが登場を待ち望んでいるのは薔薇族の女王ダマスクローズだ。

重厚な門が門番によってゆっくりと開かれる、観客たちの熱気で息苦しいほど人口密度が高い空間になっていた。

ヒメリンゴはもみくちゃにされながら、必死にグロリオサの姿を探しているが、まだ見つけられない、気持ちは焦るばかりだった。


門が完全に開くとダマスクローズが姿を現した。

大歓声が響き渡ると、ダマスクローズはにっこりと満面の笑みで答える。

彼女は従者に付き添われながら、演説台へと歩を進めていた。


その時だった、演説台の近くから従者の怒鳴り声を上げた。

「何をしている！　無礼者！」

観客は騒然としている、ヒメリンゴは慌ててその声のする方へと進むが、人混みで思うようには前へと進めない、前に進めないもどかしさからヒメリンゴはグロリオサの名前を呼んだ。

「グロリオサ！　グロリオサァ！」

ヒメリンゴの声は騒がしくなった会場の声に掻き消された。

(姿が見えない、周りがうるさくてよく聞こえない)

ヒメリンゴは何度も何度も、彼女の名前を呼んだ。

(早く、早く行かないと…)

「グロリオサァ！」


どこかでヒメリンゴに呼ばれていた気がする。

グロリオサは感じ取っていた。


取り押さえようとする従者を払いのけた時、深く被っていたフードが取れた。

赤髪で毛先が黄色、その姿は間違いなくグロリオサだった。

ダマスクローズは何の危機感も感じさせずに堂々と俯瞰している。

「貴女何者？　全然わからないのだけれど…教えてくれるかしら？」

まるでグロリオサを虫けらでも見ているかのような態度だ。

歯噛みするグロリオサを従者たちが、再度取り押さえようとしていると、ダマスクローズはそれを静止させた。

「ブーゲンビリアを憶えているか」

グロリオサは鋭く彼女へと視線を向けた、憤る感情が声へ滲み出ている。

「ああ、最高神に選ばれてしまった可哀想な子よね、自殺だなんて…本当に可哀想」

ダマスクローズの口から出た言葉は、観客用に作られたセリフのようで薄っぺらいものだった。

グロリオサは腹の底から、怒りと憎しみが湧いてくる。

隠し持っていた短剣を取り出して、鞘を投げ捨てると、それを見ていた観客の一人が悲鳴を上げて、騒ぎ出した。

会場の騒然とした空気は更にざわつきを増している。

「自殺ではない、お前に殺されたんだ！」

「あははは…」

ダマスクローズは空を仰いで、嗤った。

「そんなはずがないわ、証拠もないのに。貴女も友人が亡くなって、気が動転しているのね…」

ダマスクローズの乾いたような笑い声と、皮肉めいた言葉がグロリオサの神経を逆撫でした、止めを刺すように〝可哀想に〟と彼女はグロリオサを嘲笑う。

それを聞くや否や、グロリオサは短剣を振り上げてダマスクローズめがけて駆ける。

ダマスクローズの危険を察し、従者達がグロリオサを取り押さえようと奮闘するが、彼女はそれをものともせずに突き進む。

「ダマスクローズ！　お前だけは許さない！」

グロリオサの怒り叫ぶ声にダマスクローズは口元を歪ませた。

「…馬鹿な子」

「この人殺し！」

グロリオサの刃がダマスクローズを捉えようとした。

寸前まで追い込んだ気になっていたが、グロリオサは薔薇族の従者に取り押さえられた。


騒然とする会場の中、彼女を探していたヒメリンゴが見た光景は暴れるグロリオサが捕らえられる瞬間だった。

「グロリオサァ！」

ヒメリンゴは声が嗄れてしまいそうなほど、叫んだ。

前に人がいようが関係ない、ヒメリンゴは人を押しのけて演説台の近くへと向かった。

グロリオサは後ろ手に手錠をかけられて、暴れたせいか彼女の顔の半分は殴られたように赤く、腫れ上がっているように見える。

近くまでくると、グロリオサの左頬は大きく腫れて、口元からは血が滲んでいた。

ヒメリンゴは親友の痛ましい姿に胸が張り裂けるような思いだ。

「グロリオサ！　どうして！」

ヒメリンゴの瞳からぼろぼろと涙が零れ落ちている。

グロリオサは拘束されながらも、ヒメリンゴの姿が確認できた。

ヒメリンゴからも彼女の姿は確認できる。

周りの雑音でお互いの声は聞き取ることは出来なかった。

グロリオサの身柄は、従者から駆け付けた警官に引き渡され連行されていく。

去り際にグロリオサはヒメリンゴの泣き顔を見た。

彼女は申し訳なさそうに、顔を悲しげに曇らせたまま〝ごめん〟と口を動かした。

ヒメリンゴは泣きながら、その言葉を理解した。

グロリオサは警官に乱暴に連れられていく、彼女はもうごく普通の少女ではない。

ダマスクローズ、及び薔薇族に背いた反逆者なのだ。

ヒメリンゴは時が止まったような感覚になった。

あれだけ騒がしく、煩わしかった観客の声が気にならない。

ヒメリンゴに見える世界は連れ去られるグロリオサの姿と、勝ち誇ったようにせせら嗤うダマスクローズだった。

怒りや憎しみよりも、親友二人をこの短期間で失ってしまった喪失感で、心が崩れ落ちていくようだった。

周りの観客がダマスクローズに声援を送っている、完全にグロリオサがいなくなったあとダマスクローズの演説は予定通りに行われた。

先程の事件を払拭するかのように、ダマスクローズに心酔した観客たちは大声援をおくった。

ヒメリンゴはダマスクローズが演説しているのを、直ぐ側で聞いていたがまるで内容など入ってこなかった。茫然と立ち尽くし、何事もなかったかのように悠然と振る舞うダマスクローズに不審感と、怒りと恐怖の入り混じったような、何ともいえない感情をヒメリンゴは抱いていた。

ダマスクローズには二つの顔がある。ヒメリンゴはそう確信した。

いつの間にか演説が終わって、観客たちがばらばらと帰り始めた。

カサブランカは演説台の近くで、立ち尽くすヒメリンゴを見つけた。別れた時よりも疲弊した様子と、涙のあとでヒメリンゴの内懐を察した。

カサブランカもグロリオサの連れ去られる瞬間を見ているので、状況はわかっていた。

「ヒメリンゴ…ブゲットに戻りましょう」

「…」ヒメリンゴは言葉を発しなかった。

カサブランカはまるで人形になったようなヒメリンゴを連れて、ヤマユリが待つ馬車へと向かった。ヒメリンゴの足取りはしっかりとしているが、表情は硬く暗いままだった。

王都の入り口に待機していたヤマユリが、カサブランカの姿を見つけ駆け寄る。

どうやら心配で気が気でなかったらしい。無事に帰ったことに安堵した。

「お嬢様！　ご無事で良かった！」

カサブランカは控えめに微笑んだが、一緒に戻ってきたヒメリンゴの意気消沈した様子に、ヤマユリは苦悶の表情を浮かべた。

「…グロリオサは捕らえられてしまったわ」

「やはり、間に合いませんでしたか…」

カサブランカは静かに答えた。

ヤマユリは悔しそうに拳を握りしめている、そしてすまんなと一言、ヤマユリはヒメリンゴに謝った。

「……！」

ヒメリンゴは何一つ、悪くはないヤマユリが謝っていることに、申し訳がなかった。

グロリオサを追うことに巻き込んだのは自分自身であり、安易にカサブランカ達ならと頼ってしまった。

自分の軽率さで二人を悲しませた、ヒメリンゴは責任を感じていた。

「…二人ともごめんなさい。付き合ってくれてありがとう」

深々と二人に向かって頭を下げた。

カサブランカは気にしないでと、優しく言った。ヤマユリも大きく頷く、馬車へ先に乗り込んだカサブランカが手を差し伸べてくれた。

その手の温かさにヒメリンゴはまた泣きそうになった。

7　冥界へ

少し前に遡る。ヒメリンゴが冥界へ行く方法を聞くために教会を訪れていた時の頃。

冥界、宵の刻。

もう少しで今日の仕事が終わる。椅子の背もたれで背伸びをしているのは、冥王ラニュイの補佐をしているロキだった。

「ロキ殿は真面目ですなぁ、少しくらい休まれても良いのに…」

「そうそう、邪神なのですからねぇ」

「我々がやりづらい」

ロキの同僚の神々が小声で嫌味を言っている、邪神の名の付いたロキを好ましく思わない者も多数おり、そんな嫌味、小言の数々はロキにとってはもはや日常の一部だった。

「…俺は勝手にやっている、休みたければ勝手に休んでいればいいだろう。いちいち小声で話さずともわかる」

ロキは書類に目を通しながら、語気を強めて言った。

「いや、我々はそんな…」

口ごもった声でごにゃごにゃと言い訳をする神は、ロキの厳しい口調にひるんだ。

ロキは追い打ちをかけるように、言い返す。

「そんな？　何だ？　嫌味や粗探しをするほど暇ならば帰れば良い」

「そ…それでは残りの仕事は明日にするとしよう！」

居づらくなった神々は、そそくさと帰っていった。

（まだ全然終わっていないのに、休んでばかり…）

ロキは頭を抱えた。出て行った神々と入れ替わるように、冥王ラニュイが入室する。

「おや、また追い出してしまったのですか、ロキ?」

ラニュイはケラケラと笑っていった。

「…ラニュイ様、申し訳ありません。だらけている連中を見ていると、つい抑えきれなくなってしまいます」

直属の上司たるラニュイの前には、ロキは意見せずに素直に謝罪をした。

「いや、いいんですよ。僕はロキの真面目さを買っているのですから」

ラニュイは笑って言った、冥王とは言い難いほどラニュイは穏やかな神であった。

「ですが…あまり根を詰めすぎるのも良くはない。神とて病も怪我もする。体調には気を付けて下さいね」

どこか抜けていそうな感じにみえるが、ラニュイの洞察力はロキや他の神々の微々たる変化も見逃すことはなかった。

そんなラニュイだからこそ、ロキは少し本音で話すことが出来た。

「ラニュイ様、俺は、一人の方が向いています。一人でいれば他者に合わせ、顔色を窺う必要もない。あいつらだって、その方が楽でしょう…」

自分自身と、出て行った神々の両方に向けて言ったような言葉も、ラニュイは肯定も否定もせずに、うんうんと頷いた。


「俺は連中のような、要領の良さを価値観の一つだと寛容に受け入れられない」

ラニュイは少し考えこんだあと、彼なりの答えを導いた。

「うん、価値観とは難しい問題だ。ロキは受け入れられないと言いましたが、それは彼らも同じでしょうね」

「…同じ」

「つまり、合わないものは合わないものなんですよ。割り切るということも必要」

ラニュイはロキが食べずに置きっぱなしになっていた、バターケーキを一切れ手に取り、頬張った。残りをロキに勧め、ロキはしぶしぶ手に取った焼き菓子を見つめる。

「無理に合わせる必要もありませんが、それだけでは世界を回すことは出来ません。

ロキも彼らも世界にとっては、神であっても一つの歯車に過ぎない。どちらかが欠けても、どちらかに負荷がかかる」

「それではやはり、合わせなければならないということですよね？」

ロキは難しい顔をして、考えを巡らせていた。

彼は妥協ともとれる選択を素直にわかりました。とは言えなかった。

「まあ最終的にはそうなるかもしれない。ですがロキ、否定してばかりもいけない。

何でもいい、彼らを認めることです」

「認める？　何をどうやって…」

「それは君が考えなくては意味がない、合わせるのではなく認めるということ、何でもいいはずです」

ラニュイはなかなか核心を話さず、ロキに自分で考えるように促した。

「認める…考えてみます」

「彼らは他者の良し悪しを決める器の境地には至らないでしょうが、君はもうその境地たる器だと僕は思いますよ」

「…俺はまだその境地ではありません」

ロキは自分自身がまだ未熟であると思っていた。ラニュイの言う器にはなっていないと思い、謙遜をする。

それでこそ上へ昇る者の本質なのです。とラニュイはロキの肩を叩き、部屋から出て行った。ロキは言葉の意味がわからなくもなかったが、身勝手に自分に嫌味を言う彼らのことを、どう認めるべきかを考えていた。

手に取ったままのバターケーキを一口食べてみたが、それで答えが出るはずもなかった。

パサついた焼き菓子を冷めきった紅茶で飲み込むと、ロキは仕事に戻ることにした。

（次の者が最後か…）

ロキの仕事は死者の話を聞き、死者の行き先を決めるラニュイの参考となるように、資料を作成するのが主な仕事だ。邪神の名というだけで、天界に居場所のないロキを冥界へと呼んだラニュイは彼に自らの権能の一つを与えた。

それがロキの有する死者の声を聞く力なのである。ロキは自らの権能の一つと居場所を与えてくれたラニュイにとても感謝していた。

本質的に真面目な性格の彼は、ラニュイへの恩情から仕事に対して自分にも他人にも厳しかった。

冥界の入り口から門番に連れられてきたのは、どこか見覚えのあるような人物だった。

「…生前、どこかで会っていたか？」

「いいえ、でもロキ様のことは存じ上げておりました。ヒメリンゴと広場で偶然にあったと」

　赤紫の髪。素朴だが品のある落ち着いた振る舞いは、叔母であるハイドレンジアを彷彿とさせる。ヒメリンゴの名前を出してきた。ロキは彼女がブーゲンビリアであると判り、驚愕した。

「故人はブーゲンビリアで間違いないのか？」

「はい」

　ブーゲンビリアが頷くと、ロキは困惑した。アヴァロンはさぞショックを受けただろうと心中を察した。

（…叔父上は大丈夫だろうか。ようやく叔母上の悲しみから抜け出せたというのに…）

　ロキはそう心配をしつつ、どうしてブーゲンビリアが死んだのかを突き止めなければならないと、語気を荒くして言った。

「何故だ？　君は持病もなく健康だったはず。間もなく最高神の花嫁になるはずだったのではなかったのか？　事故か？」

ブーゲンビリアは詰め寄るロキに気圧され、言葉選びに困った様子だったが彼女はゆっくりと語り始めた。

「私はアヴァロン様が選んで下さると聞いて、嬉しくて本当に夢のようでした。でも…喜び過ぎてしまったのです、だから反感を買ってしまった」

「嬉しくて喜び過ぎることなど、他人には関係ないだろう。君が気にする必要性が見当たらない、反感を向ける方がおかしなことだ」

ロキは怒りをあらわにした、長い前髪を掻き上げて眉間に皺を寄せる。

「私なんかより、ずっと、とても綺麗な方ですもの。地味で大したことも出来ない私では駄目だと思い知らされたのですわ」ブーゲンビリアは陰りのある表情で言った。

「君が差し支えなければ、詳しく聞かせてもらえないだろうか」

ロキは熱くなりすぎたと反省し、「すまない」と詫びを入れた。

ブーゲンビリアは快く了承した。

ブーゲンビリアが死亡したのは今から一週間ほど前のことだった。

アヴァロンから書状を受け取り、降嫁が確定した彼女は儀式の準備に取り掛かっていた。

儀式まであとひと月となり、ブーゲンビリアは忙しくも楽しい毎日を過ごしていた。


その一方で王都のダマスクローズの元に、最高神の書状がブゲットのブーゲンビリアという娘に宛てられたと情報が入った。当然の如く、ダマスクローズは怒り、狂乱した。

彼女は従者たちを怒鳴りつけて、ブーゲンビリアの情報を早急に集めさせた。

「書状の件はまだ策がある、まずは邪魔者を排除しないとね」

ダマスクローズの中で答えは決まっていた。

〝ブーゲンビリアを殺してしまえばいい〟その一択だった。

翌日、ブーゲンビリアはドレスを仕立てに洋裁店へ出かけていった。

「じゃあ行ってくるわね」両親とそう話したのが最期の会話となってしまった。

今は紛れもなく、ブーゲンビリアにとって最高の時だった。

ドレスを仕立てる日がこんなに早くやってくるとは、彼女の足取りは軽く弾むように前へ、前へと走り出す。

（嬉しい、なんて嬉しいのかしら！）

鼻歌まじりに進んで行くと、通りに一台の馬車が止まっていた。

ブゲットの田舎町に滅多に止まることのない、大きく豪華な馬車。赤い薔薇の装飾が施された薔薇族のものだった。ブーゲンビリアは思わず足を止めた。

（王都の馬車、これはロサ・ダマスケナの…）

ブーゲンビリアは珍しい光景だと不思議に思っていた。何事もなかったように、通りすぎようとした時だった。

「ごきげんよう、ブーゲンビリア」馬車の車窓から声をかけたのはダマスクローズだ。

「！　ごっごきげんよう…」

ブーゲンビリアはまさか本人が乗っているとは思わなかった。ダマスクローズがこんな田舎町にやってくるなら大事になるはずだ。

「よかったら少しお話ししない？」

ダマスクローズは馬車で少し話さないかと誘った。

ブーゲンビリアはこの国を統治する薔薇族の女王の誘いを断ることは出来なかった。

不審だと思いつつも、ダマスクローズに言われるがまま馬車へと乗り込むと、馬車は走り出した。

「…名前を憶えて下さっているなんて、光栄です」

ダマスクローズの見目麗しい姿にブーゲンビリアは恐縮した。

「…貴女は有名人よ。最高神の花嫁に選ばれた無名の一族の娘。ハイドレンジアの再来。王都にも知らせが来ているもの」

ダマスクローズは貼り付けたような微笑みで、言った。ブーゲンビリアは彼女の目が笑っていないことに気が付いて、見ることが出来ない。

「本当に…私のような者が選んで頂けるなんて、夢のようです」

「そう、夢。夢ね…」

ダマスクローズはつまらなそうに聞いていた、心の底にある狂気が滲み出ているような、妬みが表れているような様子に、ブーゲンビリアは血の気が引いた。

(怖い…ヒメリンゴたちが彼女を怖かったと言っていたわね)

黙り込むブーゲンビリアにダマスクローズは用意していた花束を渡すように従者に指示をだした。

「忘れていたわ、お祝いの花束よ。受け取って」

従者は赤い薔薇の花束を取り出すと、ブーゲンビリアに手渡した。

ブーゲンビリアは恐る恐る、受け取った。

「…綺麗な薔薇ですね、ありがとうございます」何の変哲もない花束だと思い、薔薇の花束の香りを吸い込む。

彼女が花束を受け取ったのを確認すると、ダマスクローズは怪しく嗤っている。

ブーゲンビリアは香りを嗅いだ途端に苦しみだした、吐血しそうなほど咳き込んだあと焼けるような喉の痛みが彼女を襲う。苦しくて息が出来ない、喉元を押さえて苦しがる姿をダマスクローズは嗤って見ていた。

ブーゲンビリアは助けを求めようと馬車の扉に手をかけたが、その弱弱しい手をダマスクローズは蹴り飛ばす。

「夢はね、いつか覚めるものよ。現実にはならないわ」

ブーゲンビリアは持っていた花束を、力の限りダマスクローズに投げつけた。

「まだそんな力が残っていたの？」彼女は嘲笑う。

何とか息をしているが、ブーゲンビリアはもう限界だった。

「一生懸命投げつけてくれたけど、私たちは解毒薬を飲んでいるから、死なないわ」

「残念でした」ダマスクローズは小馬鹿にしたように冷笑している。

ブーゲンビリアはだんだん、意識が遠のいていった。

朦朧とする意識の中で、ダマスクローズの声だけが聞こえる。

ブーゲンビリアの死亡を確認すると、彼女は吐き捨てるように言った。

「…呆気ないわね、広場に遺体は置いて、毒薬の瓶を転がしておきなさい」

「…これでよろしいのですか？」

「何？　この国は私を疑わないわ、私は薔薇の女王なのだから」

「…はい、仰せのままに」

従者は内心戸惑いながらも、ダマスクローズに意見する者はいなかった。

彼女は何の躊躇いもなく殺してしまう、常軌を逸した行動力は同じ薔薇族同士でも恐ろしいものだった。彼女は特別なのだ。

ブーゲンビリアはダマスクローズに邪魔者として排除された。

彼女はその後、自殺として処理されたという。

ロキはダマスクローズの身勝手な犯行により殺されたことを知り、怒りで手が震える。

握りしめた拳をぐっと堪えて聞いていた。

「…やはり薔薇の女王が、関与していたか。なんと理不尽な…」

「私は薔薇族の怒りに触れてしまったのです…。仕方ないです」

ブーゲンビリアの殊勝な発言に、ロキは胸を締め付けられる。

「…仕方ないで、済ませていい問題ではない。君が報われないのは、余りにも不憫だ」


ロキはこの仕事で何人もの死の形を見てきた。一人の人間が与えられた命を最期まで使い切ることは、彼は奇跡だと教えられた。彼女のように殺されて、強制終了させられることも少なくはない。命を奪う者は、命の重さを知らないのだ。

強者が生き残ることは自然の摂理なのかもしれないが、それをいいことに暴拳を振るうダマスクローズのような存在をロキは許せなかった。

「…あのロキ様、最期にお願いしたいことがあります」

ブーゲンビリアの突然の申し出に、彼はわかった。と即応した。

彼女の願いというものは、ヒメリンゴへの言伝だった。

「…私はもう会えないから、ヒメリンゴがここへ来ることがあればお願いします」

彼女はそう言って、一礼すると門番が連れていった。


ブーゲンビリアの死をアヴァロンはもう知っているはずだ。ロキは仕事を終えると、急いでアヴァロンの宮殿へと向かった。

「叔父上は…最高神は？」駆け付けたロキを高齢の従者が出迎えた。

「ロキ様！　大変なことになりました…アヴァロン様がみるみる弱ってしまって」

ロキの顔の血の気が引いた、従者はアヴァロンの元へと案内する。

アヴァロンの寝所の前にはロベリアが立っていた。

「ロベリア、叔父上の容態は？」

「…ロキ様、アヴァロン様のご容態は日ごとに悪くなるばかりです。これでは儀式に出ることも叶いますまい」

ロキは不可解に思った、ハイドレンジアが亡くなった時は精神的ショックを受けてはいたが、ここまで体調が悪くなることはなかったのだ。

「何故そこまで、悪化した？」

「二度も同じようなことに見舞われ、よほどショックを受けたのではないかと」

ロベリアは顔色を変えずに答えた。冷淡ともとれるこの男の態度がロキは気に入らなかった。

部屋に入ろうとすると、扉の前に立ちはだかるロベリアが阻んだ。

ロキは苛立ちを募らせる、高齢の従者も開けるようにロベリアに嘆願するが、頑なにロキの入室を拒んだ。

「…アヴァロン様は現在、話すことが適いません。心身的にもご負担になりますので、甥であるロキ様だとしてもお通しするわけにはいきません」

「…話すこともできないだと？」ロキは声を荒げる。

「はい、ですが花摘みの儀式は最高神不在の状態でも行える手配をとっております」

前年まで最高神不在の状態で儀式を執り行ってきたが、ひと月前の急な決定にもかかわらず、ロベリアは落ち着き過ぎている。ロキはロベリアに不審感を募らせた。

「…最高神の花嫁候補、ブーゲンビリアが死亡し、アヴァロン様は体調を崩される直前にもう一通の書状を書いておられました」

「…そんな馬鹿なことあるか…」

「前回の事もありますので、念のためではないかと…」彼は先程から全く表情を変えない。淡々とまるで機械のようであった。

「…ブーゲンビリア以外の誰に宛てたというのだ」

「薔薇族王家、ロサ・ダマスケナです」

ロキは言葉を失った、これではダマスクローズの思惑通りに事が進み過ぎている。

アヴァロンが彼女の名前を書くとも思えない。ロキはロベリアの顔を見た。ロベリアの表情は相変わらず変化しない、呼吸する程度の変化しかしていなかった。

ロベリアと扉の前で話していても、埒が明かない。

ロキは仕方なく諦めて、冥界へと戻って行った。


ロベリアはロキの姿を見送ると、額から噴き出す汗を拭った。

ロキの持つ権能なら、恐らくブーゲンビリアが自殺ではなく他殺だと知っているはずだ。

それにダマスクローズが関与していることも間違いなく知っている。ロベリアはダマスクローズの詰めの甘さに、肝を冷やした。

冥界に戻ってくる頃には、夜も更けていた。ただでさえほの暗い冥界が夜を増して、更に暗くなる。水辺の夜光虫がちかちかと明滅していた。

月が殆ど無い。三日後は新月の晩だった。

「ロキ様、お帰りなさいませ」冥界の門番が戻ってきたロキに声をかける。

「…サイプレスか。今戻った。間もなく新月だな」

ロキは夜空のひとかけらだけの月を見つめた。

「新月の晩は生者がたまにやってきますからね。門の整備の為に開けてるってのに…やれ殺してくれ、やれ死にたいなんてやってくる、マジ迷惑っすよ」

門番のサイプレスは、新月の晩に生きた人間がやってくることで、整備が進まないことが不満のようで愚痴を溢した。

「殺してくれ、死なせてくれと言われて殺すことは出来ないからな」

「そうそう、神様方だって業務外で呼び出されるのは困りますよね。殆どロキ様ですけどね」

ロキは「…まあな」と微妙な返事をした。

サイプレスは思い詰めたようなロキの様子を珍しいなと思っていた。

「…ロキ様が悩んでるのって、珍しいっすよね」

「そんなことはない、今日は特に疲れただけだ」

ロキは年齢も近いサイプレスに親近感を持っていた。他の従者達には見せない部分も少しばかり、彼には緩くなっている。ロキも別段悪いとは思ってはいないし、サイプレスも他の神々より一匹狼気質のロキと話す方が気楽だった。


「…叔父上がまた心の病に臥せられた」ロキは疲れのせいか、知らずに助けを求めたのか呟くようにいった。情報の到達の遅い冥界にいるサイプレスは目を丸くして驚いた。

「何で…また。やっと治ったのでは？」

「今日の最後に聴取した者は、最高神の花嫁候補だった」

「…マジですか…きついですね」ロキの悩みの種はこれかとサイプレスは納得した。

「おかしなことばかりだ。直感だがロベリアと薔薇族は通じている気がする」

「ロベリアさん？　あの方はアヴァロン様の腹心って言われている方でしょう？」

「まさかそんな…」サイプレスは生来から仕えてきたロベリアの名前が出てきたことに、更に驚愕した。

「腹心だからこそ思うこともあるだろう。何よりあいつはまるで心が見えない」

「…腹の中が真っ黒ってことですか」ロキは首を縦に動かした、ロベリアへの募る不審感から眉間に皺を寄せて、内心腹を立てていることもわかる。

サイプレスはロキに提案をした。

「じゃあ。ロキ様の代わりに、ロベリアさんのこと俺が調べます」

ロキはサイプレスの突然の提案に驚き、戸惑った。

「…協力してくれるのか？」

「他ならぬロキ様の為だけですよ。協力します」

サイプレスはロキの気持ちを汲み取り、ロベリアの身辺調査に協力することを提案した。

ロキはサイプレスの心遣いに胸を打たれた。

「…感謝する、有難う」素直に礼を言いつつも、どこか照れくさそうにロキは言った。

サイプレスは屈託のない笑いで、ロキの御礼の言葉を受け取った。

ロキはサイプレスという仲間の存在に感謝した。

靄がかかったような心中に、風が吹く。

全てを取り去ることは出来ないが、ロキの心は少し軽くなったような気がした。

三日後の夕刻。

下界ではグロリオサを止めるべく、奔走していたヒメリンゴたちが帰路についていた。

行きで凄まじい走りをみせたヤマユリの馬は、疲れが出てきているのか一歩ずつ足取りを確かめるように、ブゲットの教会へ向けて走っていく。

「…グロリオサは殺されるのかな…」ヒメリンゴが呟いた。

「…まだ拘束されただけ、まだわからないわ」カサブランカは絶望するヒメリンゴのためにはっきりとは言わなかった。「そう」ヒメリンゴは良かったとも口にせず、返事のように答えた。泣き疲れ、叫び疲れ、走り疲れ、ヒメリンゴは空っぽになっていた。

「ブゲットに着くころには、夜も遅いわ。今日は教会に泊まっていって」カサブランカは町に一人で暮らすヒメリンゴを、このまま放って置くわけにいかないと思い、教会に泊まるように伝えた。ヒメリンゴは黙って、小さく頷いた。

「ヒメリンゴはこれからどうしたい？」カサブランカは彼女に聞いてみることにした。

「…わからない。どうやって生きていいかわからない」彼女はそう言うとまた黙り込んでしまった。カサブランカはヒメリンゴの疲弊した様子になんと言葉をかけていいか、博識な彼女でも流石に慎重になる。

「私達はこれから、生き残っている百合族の元へ行くわ。グロリオサの放った反逆の火種を絶やすわけにはいかないから」

「…反逆の火種」ヒメリンゴはその言葉に思わず顔を上げた。

「グロリオサは命を懸けて、火種になった。私達以外にも薔薇族の、ダマスクローズの本当の姿を知っている人はいるもの」カサブランカは真剣な顔つきでいった。

本来なら因縁のある百合族がそうあるべきだったはず。カサブランカはグロリオサの行動で心を動かされた。

彼女の熱い思いに、ヒメリンゴの心にも小さな火種が宿った。

ブーゲンビリアとグロリオサがいなくなって。

二人に自分がどれだけ甘えていたか、わかった。

どれだけの時間を一緒に過ごしたんだろう、私は二人に頼ってばかりだった。

自分で答えを探さないといけない。

ブゲット郊外にある教会に着くと、空は夜空に変わっていた。

ヤマユリに早く寝るように言われたヒメリンゴだったが、ベッドからこっそりと抜け出して、ドアを開けた。音を立てないようにしていたが、カサブランカには御見通しだった。

「…ヒメリンゴ、どこへ行くつもり？」カサブランカはヒメリンゴが間違いをおこさないように、厳しい口調で問い詰めた。

「…冥界に行ってくる」ヒメリンゴも真剣な顔で答えた。

「それがヒメリンゴの出した答えなの？　死ぬつもりじゃないわよね？」

「死ぬ気でやるけど、死ぬために冥界に行くんじゃないよ」

「…それなら、安心した」カサブランカはヒメリンゴが、後追いをするつもりなのではと思ったが、ヒメリンゴの顔に陰りが見えなくなり、彼女が前を向きつつあることを知ると、カサブランカはヒメリンゴを止めようとはしなかった。

ヒメリンゴもカサブランカに背中を押され、心に灯った火種が赤々と燃え始めるように、勇気づけられるのだった。

教会裏の小高い丘にある古びた石門まで灯りは無く、新月なのもあって辺りは真っ暗な闇に包まれている。唯一の光はヒメリンゴが持ってきたランタンと、夜空の星々のみ。

石門まで平坦な道が続くが、灯りが少ないのは恐ろしく感じる。

ヒメリンゴは注意深く上って行った。近いと思っていたが、なかなかに距離のある上り坂に息が上がる。

石門の前に着くと、異様な雰囲気が漂っていた。

門の中心部分に空間が澱んでいるかのような、歪みが見える。恐る恐る近づいていくと、吸い込まれそうな感覚になった。

（これが入り口…）歪みの中に手を伸ばすと、手の先が空間の中に入った。

不気味だったが、ヒメリンゴは覚悟を決めて石門をくぐった。

真っ暗な空間が続く、縦長のトンネルのような道を体が勝手に落ちていく。

下へ、下へと終わりが見えない滑り台のような感覚だ。

（いつまで落ちるんだ？）

そう思っていると突然終わりがやってきた。終点には同じような石門が存在していた。

また同じように石門をくぐると、そこはヒメリンゴの見たこともない世界が広がっていた。

至極色の空に輝く星々と、水辺には夜光虫が光を灯す。好奇心を刺激する怪しげだがどこか美しい景色にヒメリンゴは落ち着かない様子で、しきりに辺りを見回した。

「…ここが冥界、でいいんだよね？」ヒメリンゴの想像とは違った冥界の雰囲気に本当に冥界に着いたのか、不安が過った。

ヒメリンゴが門の前にいると、チッと舌打ちをされた。

「やっぱり来やがった…月一の整備の日に。死んだら来れるんだから…全く」

舌打ちの正体は痩せ型の男だった。ヒメリンゴの事を迷惑そうに見ながら愚痴を溢しながら門の扉を磨いていた。

「あのー。ここって冥界で合ってますか？」ヒメリンゴは不機嫌そうに仕事をしている彼に尋ねると「そう！」と乱暴な口調で肯定した。

「あんたも生きてるのに、死にたいって奴だろ？　最近多いんだよな…」

「違います！　ロキ様に会いに来ました」彼はロキの名前が出ると、動かしていた手を止めて、ヒメリンゴの方に向き直った。

「ロキ様を知ってんの？　なんだ、知り合いか…」彼はヒメリンゴがロキの知り合いと聞くなり態度を変えた。思ったよりも気さくな者のようだ、ヒメリンゴは少し安心した。

「どこに行けば会えますか？」

「冥界広いからな、俺が連れていってやろう。その代わりに…」

彼はそう言うと交換条件として、門の拭き掃除をヒメリンゴに提案した。

ヒメリンゴは快く引き受けることにする。

「助かったわー。これ一人でやるの結構大変で。ああ申し遅れたが俺はサイプレスだ」

「よっ良かったです…」サイプレスは意外にも人使いが荒く、ヒメリンゴはくたびれた。

「じゃあ報酬としてロキ様の所まで案内してやる」

サイプレスに連れられて、やってきたのは冥界の中心部にある荘厳な神殿だった。

冥王の居城で死者の行き先を決める場所、裁判所のような重々しい場所でもある。

「たぶんまだ仕事してるはず…」サイプレスは神殿の内部へと入っていく、道中で生きた人間がいると冥界の者に何度言われたかわからない。本来、生者は立ち入ってはいけない場所なのだ。

連れられるがまま歩いていると、サイプレスは立ち止まり扉の前でノックした。

「ロキ様、いらっしゃいますか?」部屋の中から「ああ」と声がする。扉を開けるとロキが机に向かって書き物をしていた。

「こんな時間まで仕事しちゃ駄目ですよ。ラニュイ様も心配してるんですから」

「わかっているが…性分なのでな。ところで…どうしてお前がここにいる?」

ロキはサイプレスと話しながら、彼の後ろに居たヒメリンゴの存在に気が付いた。

怒った様子もなくロキは飄々としている。

「今日新月の晩でしょう、下界から降りてきたみたいですよ」

ヒメリンゴはサイプレスの説明に相槌を打つように、頷いた。

「ブーゲンビリアのことか?」

ロキはヒメリンゴに目をやると、ヒメリンゴは大きく頷いた。

「やっぱり、ロキ様はブーゲンビリアの事を知っているんですね」

「…ああ、彼女から一通り話を聞いた、下界では何が起きている?」

ヒメリンゴはブーゲンビリアが自殺扱いで処理され、その代わりに最高神の
花嫁候補になったダマスクローズのこと、親友のグロリオサが薔薇族に反逆し

拘束されていることをロキ達に話した。ヒメリンゴの真剣な面持ちが事態の深刻さを物語る。

「…グロリオサが命を懸けて、薔薇族に反逆しました。結果的に捕まっただけになってしまったけど…このままダマスクローズの思うままにしたくない、だからここに来ました」

「…マジか、あんた波乱万丈だな…」サイプレスはヒメリンゴに起きた近況に驚き、彼女の行動力に感心した。ロキもそれは同じで、初めて会った時よりも、精神的に成長がみられるヒメリンゴの変化に目を見張るものがあった。

「ブーゲンビリアから直接聞いたので、彼女を殺したのは薔薇の女王で間違いない」

「カサブランカの行っていた通りだ…」ロキの話す真実にヒメリンゴは抑えていた感情がじわじわと出てくる、あまりにも身勝手で理不尽な犯行に胸が締め付けられる。

「どうしたらダマスクローズを止めることが出来ますか？　私の頭じゃわからない、ロキ様ならわかりませんか？」

「…俺の書いた調書で証拠になればいいが、邪神のまがい物の調書を素直に受け取るとは思えないな…」

「確かに…そうっすよね」ロキが邪神呼ばわりされていることで、いくら真面目な仕事ぶりだとしても、正当な評価をする者は多くはなかった。

ラニュイがロキを推したとしても、アヴァロンの支持が得られない今、ロキの評価は低いままだ。真実だとしても嘘の調書だと言われてしまう可能性があった。

「俺の出生のせいだ、面目ない」ロキは素直にヒメリンゴに謝罪した。

ヒメリンゴは一縷の望みにかけ、冥界までやってきたが振り出しに戻ってしまったことに、肩を落とした。落ち込むヒメリンゴと、どうにかして何かできないかを思案するサイプレスを見て、ロキは神である自分が何も出来ないのが、もどかしく思えた。考えを巡らせ、一つの方法にたどり着いた。

「…花摘みの儀式を中止にさせる。もしくは、ぶち壊す」ロキの出した答えは自暴自棄ともとれる、思慮深いロキらしくない提案だった。

「ぶち壊す？」サイプレスは耳を疑った。

「それって大丈夫なんですか？」ヒメリンゴもその提案には驚いた。

ロキは自分らしくないと思いつつも、頷いた。

「たまには邪神らしくするのも、構わないだろう。周りはそう望んでいるのだから」

ロキはそう言うと意地悪く笑ってみせたが、ヒメリンゴはロキ一人に責任を負わせることに納得がいかなかった。サイプレスも同意見のはずだ。

「それはロキ様が悪者になるんじゃないですか？　そんなの駄目です」

「…ではどうするつもりだ、花摘みの儀式に出席して、直接仕留めるつもりか？」

ロキは頭を抱えていった。

「それですよ！　私も儀式に参加します」ロキの投げた言葉にヒメリンゴは活

路を見出したように、意気揚々と答えた。

「でも、書状もらったのか？　神が宛てた書状がないと出席は出来ないぞ」

「え、嘘？　そうなの？」ヒメリンゴは書状を持っていなかった。

サイプレスの言う、書状がないと出席出来ないということも忘れていた。

ロキはヒメリンゴが少し成長したようだと思ったが、そそっかしいところは変わっていないことに安堵に似た感覚を覚えた。

「全くそそっかしい奴だ。なら、俺が書く」ロキは呆れながらも、彼女のために書状を書くと言った。それを聞いたサイプレスは目をパチクリさせてロキを見た。

「マジっすか？　それって婚約するってことですよ？」

婚約と聞いてヒメリンゴも思わず赤面する。

「他に書ける奴はいないだろう。あくまでも契約という意味での婚約だ。俺とヒメリンゴの方向性は同じ、ダマスクローズの暴挙を止めること、それしか方法が無いのなら仕方あるまい」ロキは至って落ち着いている、ヒメリンゴは自分ばかりが赤面していて、恥ずかしくなった。

「…どうする?」ロキはヒメリンゴに答えを聞いた。

「書状を書いて下さい。契約上だとしても花嫁をちゃんとやり遂げてみせます」ヒメリンゴは真剣に答えた、ダマスクローズに立ち向かう手段として婚約をすることになるとは思ってもみなかったが、彼女に迷いはなかった。

「わかった」とロキは二つ返事で答えた。

その時の彼の優しげな眼差しがヒメリンゴの心に刻み込まれた。

ロキをよく知っているわけでもない、本当の気持ちはわからない。

それでも一度しか会っていない人間に、ここまで力を貸してくれるロキの優しさは本物だとヒメリンゴは思った。


ロキの書状を受け取り、正式な花嫁候補となったヒメリンゴは、ダマスクローズを止めるべく花摘みの儀式に臨むのであった。

8　オルディネ家の大老

ロキは直属の上官であるラニュイに、ヒメリンゴと婚約をしたことを報告した。

それに至るまでの経緯も含め、あまりに急なことに流石のラニュイも驚いていた。

「これは驚きましたね。ですが僕は嬉しいですよ、実に感慨深い」

「…あくまでも契約ですので」婚約と聞いてラニュイがわざとらしく顔をニヤつかせているので、ロキはすかさず釘を刺した。

「そうだとしても一人の人間の為に、君がここまでするとは思いもしませんよ」

釘を刺しても、ラニュイはロキいじりに余念がない。ロキは黙り込んだ。

「…」

「端正な容姿にもかかわらず、色恋に毛ほども興味を示さない。他者への興味も薄い。仕事に生き、規範や法を遵守し、不真面目を嫌う堅物の真面目過ぎる名ばかりの邪神ですものね」

　ロキはラニュイの的確な自己分析に、ぐうの音も出なかった。

「本当に…オルディネの大老はどうして君にこんな名をつけてしまったのだろうね。本来なら君は秩序の神の後継者であるべきなのに…」ラニュイは残念そうに言った。

「あの方は平民との混血の俺を、オルディネ家の血を引く者だと認めたくないのですよ。だから忌み子だと言っているのでしょう」

　冷めきったようなロキの言葉に、ラニュイは悲しそうに眉を寄せた。

「…すみません、話を逸らしてしまったようで…ですが、契約とはいえ君が彼女の為に選んだ行動は僕はとても嬉しい。祝福しますよ」祝福すると言われると、ロキは反応に困った。恥ずかしそうに顔を背け、部屋を出ていこうとすると。

「ああ、後で彼女にもお会いしたいのですが、都合がついたら僕の所へ来るように伝えてもらえませんか?」ラニュイは言った。

「了解しました、伝えておきます」ロキはこれ以上ここにいると、ラニュイにいじられるので、即答し早々と出て行った。


ヒメリンゴは一度下界に戻り、カサブランカとヤマユリにロキと婚約し、儀式に出ることを伝えた。この突拍子もない報告にヤマユリは腰を抜かして驚いている。

「ヒメリンゴが、けっ結婚!」

「契約結婚ね、そんなに驚かなくてもいいのに…」

「驚くわ!」ヒメリンゴのとんでもない行動に、ヤマユリは心臓が飛び出しそうな勢いで声を上げた。カサブランカはヒメリンゴの行動力に感心した。立ち直りつつある彼女の姿に、あの夜に送り出して良かったと一安心した。

「…良かったわ、ヒメリンゴ」

「大丈夫だったでしょ?」安堵するカサブランカにヒメリンゴは笑って答えた。

「でも、これからが本番だ。絶対、ダマスクローズを神にはさせないから」

ヒメリンゴは快活な笑顔から、真剣な表情へと変わる。

ブーゲンビリアとグロリオサ、二人を思うからこその行動力だった。

「ヒメリンゴだけに任せるのは、申し訳ないわ」

「我らも百合族の末裔達に招集をかけた、百合族以外にも薔薇族の被害を受けた者が集まりつつある、直に反乱軍として結成されるであろう」

カサブランカ達はグロリオサの意志を継ぎ、散り散りになった百合族や薔薇族に殺された遺族達に声をかけていた。薔薇族と百合族の因縁に終止符を打つために、カサブランカは薔薇族を陥落させるべく、反乱を起こすという。

「下界でカサブランカ達が頑張ってくれるなら、私も天界の花摘みの儀式でダマスクローズを死ぬ気で止める」

ヒメリンゴとカサブランカはお互いの健闘を祈り固く握手をしたあと、カサブランカ達は末裔達の元へと馬車を走らせて行った。二人の姿を見送り、ヒメリンゴは空を見上げた。

（…ここの空もしばらく見納めかな）

三人で学校の帰りによく歩いていた道、空。田舎なので殺風景だったせいか、三人の背景にはいつもこの空が広がっていた。ヒメリンゴは急に寂しくなって、涙が零れた。

気持ちを切り替えて、袖で涙を拭うとロキが手配した空馬車に乗り込み、冥界へと戻って行くのだった。

冥界に着くと門の前にロキが立っていた。

「ロキ様、どうしたんですか？」

「ラニュイ様がお前に話があると言っていた。用が済んだら、ラニュイ様の元へ行ってこい。部屋までは案内させる」ロキはそう言うと、案内役に呼んでいた従者にヒメリンゴを任せて仕事へと戻って行った。

案内役に連れられラニュイの部屋の前までやってくると、ヒメリンゴが扉を開ける前にラニュイが出てきた。ヒメリンゴのイメージしていた冥王の姿とは全く違う。

白銅色の短髪、細身で上品な印象だ、穏やかに微笑んでヒメリンゴを出迎える。

「初めまして、君がヒメリンゴ君ですか？」

「…あ、初めましてヒメリンゴです」ヒメリンゴは、冥王は屈強で厳つい姿の神だと思い込んでいたので、ラニュイの姿に戸惑っていた。

恐縮するヒメリンゴを部屋へ通すと、細やかな茶会のような仕度がされていた。

「折角ですし、お茶でも飲みながらお話ししましょう。さあ、座って下さい」

「な、お茶自分でいれます！　冥王様に入れていただくわけには…」冥界の最高責任者に茶を入れさせるわけにはいかないと、ヒメリンゴはますます恐縮した。

ラニュイは「いいから」とヒメリンゴに着席するように促し、冥王自ら茶を入れた。

二人分の茶が注がれ、ラニュイはヒメリンゴと向かい合うように座るとようやく話し始めた。

「…今日僕が君に来てもらったのは、少し話しておきたいことがあったのです」

「話しておきたいことですか？」

「そう。ロキの事について君はどこまで知っていますか？」

「…直接は聞いたことはないです。でもロキ様がオルディネ家の忌み子と呼ばれていることとか、邪神と同じ名前を付けられたことで、邪神扱いされていること位しか私は知りません」ヒメリンゴはヤマユリの言っていた話を思い返す。

「…オルディネ家のことをご存じでしたか。では彼の父が前秩序の神であるということも知っているのですね？」

「人づてに聞いたことですが…」ヤマユリは確か秩序の神と言っていた気がする。

「それで充分です」ラニュイは微笑んで言うと、話を続ける。

「当時、まだ幼かった彼をオルディネ家の大老が邪神の名前を付け、忌み子が不幸をもたらしたと触れ散らしたことで、周りから邪神の扱いをされて、天界に居場所がなくなってしまったのです。数年の間、叔父であるアヴァロン夫妻の元へ身を寄せていたのですが、オルディネ家の圧力や周りの反発により彼は本当に行き場を無くしてしまいました」

ラニュイは穏やかな雰囲気は乱さず、でもどこか悲しそうに話していた。

「…それで冥界に来たんですか…」ヒメリンゴは初めて知るロキの記憶の断片に触れ、初めて会ったあの日、ロキが直ぐに名前を教えなかったのはこのせいだったのかと知った。

「いいえ。来たというか、僕が彼を連れてきたのです。彼に僕が出来ることは、居場所を与え、権能を授け、仕事を教えることくらいでしたが。彼はとても秀でた神に成長してしまいました…そして彼に僕は、秩序の神の片鱗を見ました」ラニュイの表情にはどこか感慨深いものがあるように感じられた。父でもなく、兄でもなく、彼の成長を見守った冥界の王は優しげに目を細めた。

「…本来ならば彼はオルディネ家の系譜に名を連ねる者、彼は秩序の神の後継者なのです。いつまでも冥界にいてはいけない。僕はレゴールの後を継ぎ、空席のままになっている秩序の神の座に彼をおきたい」

「でもオルディネ家はロキ様を良く思ってないんですよね？」

「ええ。ですが君たちが儀式で薔薇の女王の陰謀を阻止することが出来れば、あの大老殿もロキを認めて下さるのではないかと思いましてね」ラニュイはロキの将来の平穏を願っていた。冥界は天界よりも遅れているし、制限の多いこの地より天界で新しい自分を見つけて欲しい、それがラニュイの願いだった。

ヒメリンゴはラニュイの親心に近い感情に胸を打たれ、成程と頷く。

「…僕は冥界にいることが多いので、薔薇の女王のしてきた事を知っていますが。天界にいる神々は彼女の美しさに惑わされ、本当の姿を知らない。儀式も何の疑いもなく終わってしまうでしょう」

「そうはさせません！　あの人を神にしたら駄目です」ヒメリンゴは椅子から立ち上がって強い口調で言った。まあまあとラニュイはヒメリンゴに着席を促し、ヒメリンゴは我に返ると、顔を赤らめながら座り直した。

「ですがオルディネ家の大老だけは、今回の儀式に違和感を覚えたと言っていました。年の功ってやつですね。勿論、僕も薔薇族には不審に思うことがありましたから、彼と同じ意見なのです」

「…ラニュイ様も、オルディネ家も協力してくれるってことですか？」ヒメリンゴはラニュイが協力してくれると聞き、喜びを隠せない様子だ。

「大老殿が協力してくれるかは君達次第ですが…僕に出来ることはやりましょう」

「ありがとうございます」ヒメリンゴはがちがちに恐縮していたことも忘れ、素直に喜んでいた。

早速ですがと、ラニュイは立ち上がり、ヒメリンゴに手を出すように言った。

ヒメリンゴはラニュイに両手を差し出すと、ラニュイの右手から蠟燭の火のような光が淡く輝いていた。ヒメリンゴは優しく儚げなその光に魅入られている。

「僕は神の中でも、無駄に幾つもの権能を持っている神でしてね…君に一つ差し上げようと思っていたのです」

「け、権能？　私にくれるんですか？」ヒメリンゴはラニュイの申し出にありがたいと思いつつも、ただの人間の自分が神の権能をもらって、使いこなせるのか心配になった。

心配そうに、戸惑うヒメリンゴに「大丈夫ですよ」とラニュイは微笑んでいる。

「…僕が君に与える権能は一度しか使えないものです。強力な分、使う君にはそれなりの代償があります」微笑みから一転。ラニュイの真剣な眼差しと、強力な権能ということにヒメリンゴは息を呑み込んだ。

「…それはどんな権能なんですか？　代償って」期待よりも不安が勝っている

ような表情でヒメリンゴはラニュイの言葉を待った。

「君に与える権能は、負を満たす力」

「負を満たす？」

「マイナスになっているものを満たし、零地点へと戻す。平たく言えば、対象物を何もかも消し去る力です。使い方によっては凶悪にもなる力ですね」

ラニュイは大丈夫と言っていたが、身に余り過ぎるとラニュイに言った。

「そ、そんな力。私には使いこなせません。強力過ぎて…とても」

「そんなことはありません」

ラニュイはきっぱりと否定した。

「なんで言い切れるんですか？」

「君はダマスクローズにしかこの力を使わない。そう断言できるからです」

「…ダマスクローズに…」ヒメリンゴはもう一度、考えを振り返る。

ブーゲンビリアの死の真相を暴いて、ダマスクローズに認めさせたい。

身勝手に殺されたブーゲンビリアの代わりに、最高神の花嫁にさせたくない。

グロリオサが命懸けで起こした反逆の火種を無駄にしたくない。

身勝手に欲望のままに、人の命を簡単に奪ってきたダマスクローズのような人間が神になってはいけない。神にしてはいけない。

ヒメリンゴの中で答えは一つになった、強力な権能に怖じ気づいてはいけない。

自分が何のためにここに来たのか、ヒメリンゴは再確認すると、もう決心は付いた。

真っ直ぐにラニュイの顔を見て、こくりと頷いた。

「気持ちは固まったようですね。この力を使うにしろ、使わないにしろ、君の目的は揺るがない。彼女は狡猾で魔術的素養もある、もしもの為に持っておきなさい」

ラニュイの右手の淡い光は徐々に輝きを増していく、淡い灯のような光は冥界で見た夜光虫のような輝きに変化していった。球体になった朱色と白が入り混じったような光をヒメリンゴの掌へと渡すと、スッと掌に吸い込まれていった。

熱くもなく、冷たいわけでもない。これで権能が与えられたのかと不思議に思う程、実感がなかった。

「…これで権能を頂いたことになるんですか？」

「ええ、でも権能の譲渡は当事者同士の了解がなければ成立しませんが。勝手に奪ったり、渡したり出来ないということですね」ラニュイは右手を摩りながら微笑している。

ヒメリンゴは権能を使った代償があることを思い出した。

「ラニュイ様、権能の代償って…」ヒメリンゴの問いにラニュイは答えた。

「この冥界から永遠に出られなくなること、君がここで亡くなっても輪廻することはありません。死しても冥界にしか君はいられない」これが代償です。とラニュイは眉を寄せ苦しそうな顔で言った。

「…下界に戻れなくなる…でも冥界面白そうだから、きっと大丈夫だと思います」

ヒメリンゴは権能を使っても使わなくてもいいと言われたが、きっと使ってしまうだろうと思っていた。全てが終わればロキとの契約結婚は終了し、下界に戻るつもりだった。カサブランカ達や拘束されているグロリオサにも会えなくなる。冥界への好奇心より寂しさの方が勝っているのは事実だ、ヒメリンゴは自分の心に鞭を打った。

（大丈夫。一人でも大丈夫だから…）

折れるな、揺らぐなと自分を奮い立たせた。

ラニュイから権能を受け取ったヒメリンゴは、儀式までの残り二週間を冥界で過ごすことになった。

案内役の従者がラニュイの用意した部屋へと案内する。

「…部屋、広い。貴族の部屋みたい」ヒメリンゴは思わず声に出てしまった。

ラニュイは簡素な部屋だと言っていたが、ヒメリンゴの暮らすブゲットの部屋よりも遥かにいい部屋だった。ブゲットの自宅が田舎娘の芋くさい部屋とするなら、冥界のこの部屋はお嬢様が使っていそうな部屋だ。

ヒメリンゴはベッドに飛び込むと、仰向けになって高い天井を見上げた。

「あと二週間か…オルディネ家は味方になってくれるかな…。てかサイプレスさんに波乱万丈って言われたけど、ロキ様の方が波乱万丈なんだな」一人なのをいいことにヒメリンゴはぶつぶつと独り言を呟いていた。


コンコンと扉をノック音が聞こえた。はい、と返事をするヒメリンゴ。

扉が開かれるとやってきたのは、ロキだった。

「…ラニュイ様との話はどうだった？」

「ラニュイ様は冥王様らしくない冥王様でした。優しいし、ロキ様みたいに直ぐに怒らないし」ヒメリンゴは冥界に来てから、ロキが妙にしおらしいことが気になっていた。

わざと突っかかっていくような真似をしてみる、ロキは誘いに乗るのかを試してみた。

「ラニュイ様を侮るな、あの方は冥界では最高神にも等しい存在だ」

「…何で真面目に答えるんですか」

「は？　俺の回答に不満か？」ロキはヒメリンゴの不服そうな態度に疑問を感じた。

「初めて会った時はもっと、こう感じ悪い印象だったので。冥界に来た時からしくなかったというか。嫌とかじゃなくて、気を遣ってくれたのかなと…」

ヒメリンゴは支離滅裂になりながら単刀直入に言う。

「…冥界に来た時から印象が変わったのは、お前も同じだろう。ブゲットで会った時はお前が俺をジロジロと見てきたのが発端だ」

「神様ってこんなモサモサなのかなと思って…」ヒメリンゴは笑っている。現在も整えてはいるが、相変わらず長めの前髪は鬱陶しそうに、ロキの深青色の瞳を隠していた。

「…失礼だな、お前。だが叔父上にもラニュイ様にも、よく言われている…のも事実だが。仕事に没頭するあまり後回しになるだけだ…」

「…それを下界では屁理屈といいますよ」ヒメリンゴは意地悪く笑っている。

ロキが予定通りヒメリンゴの誘いに乗ってきたのが、彼女は嬉しかった。

「口だけ達者な、お前に言われたくはない…」ロキは眉間に皺を寄せ、前髪を掻き上げて、小さな声で「切るか」と呟いた。にこにこというよりはニヤニヤしているヒメリンゴをロキは怪訝そうに見ている。

「何だ？　気色悪い」

「やっぱり、ロキ様はこうじゃないと。面白くありません」ヒメリンゴは得意げに笑う。

ロキはヒメリンゴの満足そうな笑みに、恥じらいを隠すように顔を背けた。

「お前といると…調子が狂う」ロキはため息を一つ吐き、顔を背けたまま頭を掻いていた。ヒメリンゴにからかわれていることも、然程嫌ではなかった。

「あの…」とヒメリンゴが切り出す。ロキは顔をヒメリンゴの方へ向けた。

「ロキ様のこと色々聞きました。オルディネ家との確執で天界に居られなくなったこととか、名前のせいで邪神じゃないのに、邪神の扱いにされているとか…色々」

ロキは目線を下に落とし、はっきりと言い切った。

「俺とオルディネ家の問題は、今更どうこうなる問題ではない」ロキ自身はオルディネ家との関係の修復は不可能と思っている。オルディネ家がロキを追い込んだ元凶であるし、向こうが一方的に拒絶し、遠ざけたことはロキの潜在意識の中に深く刻み込まれていた。

「ラニュイ様が言っていました。オルディネ家の大老が今回の儀式に違和感を持っているって。私達がダマスクローズの陰謀を阻止出来れば、ロキ様を正当な後継者として認めてくれるかもしれないって…」ヒメリンゴは諦めているロキに、ラニュイが望む秩序の神の後継者への可能性を伝えた。

「…馬鹿な…そんな簡単にいくか」ロキは真っ向から否定した。

「私達のやることは、簡単なことじゃないです！　私だってそれなりの覚悟できたんです、死ぬ気でやる位の覚悟できたんです」ヒメリンゴは真っ向からの否定をもろともせずに、立ち向かった。ロキは息巻いているヒメリンゴに、返す言葉は見つからなかった。

「…ロキ様を秩序の神の座におきたい。そうラニュイ様が言っていました」

ヒメリンゴの脳裏にラニュイがロキの平穏と成長を願う表情が浮かぶ。

ロキは初めて聞かされる、ラニュイの想いに正直なところ困惑したが、長い間、気にかけてくれているラニュイの期待に応えたい。その思いが彼を突き動かした。

「…ラニュイ様がそう望むのなら、応えたい。諦めていては何も変わらないしな」

ロキは自暴自棄になっている自身に心の中で反省していた。そして思う、ヒメリンゴが自分に与える影響力は凄まじい。ただの人間の娘にここまで翻弄されていることにロキ自身が一番驚いていた。

「良かった、ラニュイ様も安心できますね。ロキ様なら成れますよ」ヒメリンゴはロキを説得し、再び笑みが零れた。ヒメリンゴの笑顔にロキは顔を背ける、少し赤くなった頬を隠すように彼は沈黙した。すると唐突に、

「ロキ様、お願いがあります」ヒメリンゴは言った。

ヒメリンゴのお願いとは、オルディネ家へ協力を仰ぐために交渉することだった。

「…あの偏屈な大老に協力を仰ぐか…」ロキは悩んだ。自分が赴けば、帰れの一点張りになるだろう、そうなれば話をするどころか門前払いもいいところだ。

ヒメリンゴは思案顔のロキに「自分が一人で行く」と告げた。

「本気か?」ロキは怪訝そうに眉をひそめた、ただ自分が行くよりはまだ可能性はあるような気もする。

「本気です。ロキ様が行ったら、宮殿にも入れてくれなさそうですから」

ヒメリンゴは冗談っぽく言ってみたが、ロキはうんとは言わなかった。

「確かに俺では、取り合ってすらくれないかもしれない。だが大老は大の人間

嫌い、どうするつもりだ」ロキは厳しい口調だがヒメリンゴをどこか心配しているような物言いだ。

「人間なのは変わらないし、このまま行ってみようかなって」

「…確かに変わらないな…止めたところでお前は行くと言うのだろう」

ロキはヒメリンゴの平然とした様子に、彼女がオルディネ家へ行くことを許すことにした。

理屈では言い表せない、猛然とやるべきことに向かっていくその行動力にロキは懸けてみたいと思ったのだった。

ロキから了承を得るとヒメリンゴは「ちゃんと説得しますからね」とロキに精一杯元気に振る舞ってみせた。彼は小さく「わかった」と頷き、仕事の為に部屋を後にした。

儀式まで時間もない。ヒメリンゴは翌日、オルディネ家を訪ねることになった。

彼女が天界へ向かうための空馬車の手配や、天界の重鎮に会うためのそれなりの衣装はロキが用意してくれる。流石にヒメリンゴの着ていた町娘の典型的な服では、屋敷の前で門前払いされかねない。ヒメリンゴは翌日になるのを待つのみだった。

（…私がここで説得して、協力をお願い出来れば成功に一歩近づく）

初めて会う天界の重鎮、オルディネ家の大老に会うことが怖いわけではなかった。

ヒメリンゴが一番恐れているのは、協力を拒まれることだ。それでは、ロキのことも全て無駄になってしまうかもしれない。悶々と考えているうちに、ヒメリンゴは疲れていたのか、眠ってしまっていた。

「…寝ちゃってたのか…」もう朝になる。ヒメリンゴは眠そうに目をこすり、冥界の夜が明けていくのを見ていた、至極色の空が少しずつ薄くなっていく、星が一つまた一つと姿を消していった。冥界の朝日が昇り至極色の空は、薄い紫色になった。

朝靄がかかると、海の中にいるような不思議な光景だ。

「ブゲットの空とは違う…冥界は紫の空なんだ」

ブゲットの空が懐かしく感じる、だが感傷に浸っている場合ではない、ヒメリンゴは両手で顔をバチバチと叩いた。今日はオルディネ家の大老に会うのだ。

ヒメリンゴは気合いを入れ直して、気持ちを整えた。

ノック音がすると従者が二人やってきた、従者達はロキの用意した衣装と化粧道具を持っている。用意された衣装は、ヒメリンゴが今まで着たことがないようなドレスだった。

白に見えるが極々薄い紅色が混じった薄桜色で、ごちゃごちゃと装飾のないシンプルなものだった。ヒメリンゴは「うわっ…」と声を漏らす、言葉さえものむようだ。

ヒメリンゴは着こなせるか不安だったが、袖を通してみると…。

「お似合いですわ。流石はロキ様のお見立て」

「ええ、とてもよくお似合いですわ。着丈も丁度良くて」従者たちはヒメリンゴを鏡の前に立たせると、口を揃えて言った。言われるがまま着て、されるがまま化粧をしてもらったが、いざ鏡の前に立つと自分の変化に驚いた。

「…すごい、なんか結構様になってます」従者達も満足のいく出来栄えに、うんうんと二人で顔を見合わせていた。


身支度が終わったら、ロキが迎えにくると従者達は言い、部屋から出ていくと、少し間をおいてノックと共にロキがやってきた。

「ロキ様。これ、ありがとうございます」ドレスの裾を持って、頭を下げる。

「ああ。これなら申し分ないだろう…淑女らしく見える」ロキは羞恥心が邪魔をして素直に似合っているとは言えなかった。

「これなら大老にあっても、大丈夫です」ヒメリンゴは武装した兵士のように、このドレスが自分を守ってくれるような気がした。

「…あとこれを」ロキはヒメリンゴの左手を取ると、その薬指に指輪をつけた。

銀製の蔦の模様がついた指輪は、ロキの左手にもつけられている。

「こ、これ…結婚指輪」ヒメリンゴはロキの顔を見上げた。

「契約結婚だとしても必要だろう、婚約している証拠にもなる」涼しげに装っているが、ロキは顔を頬赤くしていた。そんなロキの様子にヒメリンゴも急に恥ずかしくなってきた。

「…色々とありがとうございます」ヒメリンゴは照れ笑いした。ロキはこくりと頷くと、

「いや、俺のせいでもあるからな…よろしく頼む」と静かに答えた。

ロキは外に用意しておいた空馬車までヒメリンゴを送っていった。

道すがら、ロキはブーゲンビリアに頼まれていた言伝を伝える。

「ヒメリンゴにブーゲンビリアから最後に言伝を頼まれていた」ブーゲンビリアの名前にヒメリンゴは目を見開いた。

〝私はヒメリンゴに救われていた、今までありがとう。ヒメリンゴは強いから

どんな逆境にも絶望にも負けないはず、どうか最後まで自分を信じて、貫き通して、どうか笑顔をたやさないで〟ロキから語られる彼女の最期の言葉を胸にヒメリンゴは空馬車へと乗り込む。

上空へと上がる空馬車をロキは祈るように見上げた。

冥界から天界までは空馬車に乗ってしまえば、着くまではあっという間だった。

天界は冥界と違い、明るい。空の色は下界に似ているが、透きとおるような透明感があるし、花も植物もどこか生き生きとしている。神々の住居である宮殿が並んで、華やかな雰囲気もありつつ、神聖さもある。ここはまさしく理想郷だった。

空馬車を走らせていた従者がヒメリンゴに、「ここがオルディネ家の宮殿です」と声をかけた。ヒメリンゴは空馬車から降りると、冥界のラニュイの神殿とは少し違うようだ。

（ここがオルディネ家…）堅牢な城塞を思わせる、重厚な造りは大老の人柄を表しているかのようだった。

　ヒメリンゴは一度深呼吸をし、宮殿の門の前へとやってきた。黒鉄の頑丈そうな門の前には、がたいの良い門番が立っており、ヒメリンゴに用向きを聞いてくる。

「ここは秩序の神の大家、オルディネ家の宮殿です。用が無ければ立ち去りなさい」

「オルディネ家の大老様に会いに来ました」ヒメリンゴは門番の強い口調にも負けまいと真剣な面持ちで言った。

「何かお約束されていますか？」「いいえ」ヒメリンゴが答えると、門番は「帰りなさい」と即答した。「…嫌です」「帰りなさい！」「嫌です！　少しの時間で構いません」ヒメリンゴと門番の押し問答はしばらく続いた。

　門前で口論している声は宮殿の中の大老にも聞こえていた。騒がしさから、窓に視線を移すと大老は従者を呼びつけた。

宮殿の中から従者が一人、小走りでやってくると門番に耳打ちをした。ヒメリンゴは様子を窺っている。門番はやれやれといった表情で黒鉄の門を開け、ヒメリンゴに「大老様の許可が下りました。入りなさい」と言った。

「あ、ありがとうございます！」ヒメリンゴは門番に深々と頭を下げ、宮殿の従者の案内で大老の元へやってきた。

（やっと、来た。オルディネ家の大老！）従者の開けた扉のさきには、ロキの言っていた通り、気難しそうな白髪の老紳士がソファーにどっかりと座っている。眉間に皺を寄せる癖はロキにもあったものだ。「そこへ座りなさい」大老はそう言って立ち尽くすヒメリンゴに座るように勧めた。

「…急な訪問なのに会って頂き、感謝致します。私は訳あって冥界から来ました、ヒメリンゴと申します」ヒメリンゴは座る前に大老に頭を下げた。大老は静かに許諾した。

「…ヒメリンゴ。初めて聞く名だ。生きた人間が新月の晩に冥界下りをすると聞いたことがあるが、君もその類かね」大老は怪訝そうにヒメリンゴを見ている。ヒメリンゴは厳しい視線に背筋を縫い留められたように、動けなかった。

「はい」ヒメリンゴは大老が人間嫌いなことはロキから聞いている、大老の思う答えでなければ、機嫌を損ねてしまうのではないかと、不安が過った。

「何故、私に会いに来た？」大老の視線はヒメリンゴを捕らえている。

「大老様が今回の儀式について、違和感を持たれているとラニュイ様からお聞きしました。ダマスクローズのことで思うことがあるのではないかと…」ヒメリンゴの口からダマスクローズの名前が出ると、大老は一瞬、眉を吊り上げた。

「薔薇の女王の本性を君は知っている…そういうことか？」

「はい。私は…私達はダマスクローズが神になることを阻止しようとしています」ヒメリンゴはここぞとばかりに、反応を示した大老に話の主導権を握ろうとしたが、大老は地に足をつけたように、安定している。

「私達とは、君以外の誰のことを、言っている」大老は相変わらず、ヒメリンゴを縫い留めたままだ。

「…ロ、ロキ様です。私はロキ様の婚約者で…」ヒメリンゴは左手の薬指の指輪を見せた。大老はロキの名前を聞くと、眉間の皺を深く刻み込んで、ヒメリンゴから視線を外した。

（ロキ様の名前はまだ出したら、駄目だったか…）ヒメリンゴは失敗した。と思ったがこのままロキの名前を隠していては、意味が無いと思い。強行突破に賭けることにした。

「大老様はロキ様のことを、よく思われていないようですが。彼は邪神ではなく、邪神の名前に翻弄されて天界を追われてしまっただけ。本当は秩序の神の後継者なのにこのまま冥界に居続けるのは、勿体無いです。…」ヒメリンゴはロキのことを大老に認めてもらうべく、必死に話し続けた。まだ引き下がろうとはしないヒメリンゴに、大老は「一度落ち着いてくれ…」と肩に力の入ったヒメリンゴに気持ちを抑えるように言った。

「…ロキに異界の邪神の名をつけたのは、私だ」気難しそうな大老の顔に、僅かに感情の変化が見えた気がする。大老はロキのことを本当は嫌っているわけではないのかもしれないとヒメリンゴは思った。

「当時の私はこの家を守る為に、非情な決断をしてきた。彼と両親を引き剝がし、命まで奪おうとした。私は何も知らないロキに全ての原因はお前にあると、突き放し、罪を押し付けた」大老は過去の行いに後悔していた、私はロキに恨まれこそすれ、恨んではいない。罪悪感から彼を更に遠ざけたと。

「…君が言いたかったのは、君達が薔薇の女王の陰謀を阻止出来たら、ロキを後継者と認めさせろといったことだろう」大老はヒメリンゴが言いたかったことがわかっていたようだ。「大老様はロキ様を嫌っていると聞いていたので、回りくどい話になってしまいました」大老は気にしないでくれと首を横に振った。

　大老が偏屈だと聞いていたが、ヒメリンゴの今の印象は違う。自らが蒔いた種だとしても、周りのイメージから偏屈でいなければならなかったのだ。ロキが苦しんだ時間を彼も背負おうと一人で抱えていた老紳士の姿は、ロキに少し似ていた。

「…良かったです、最初はどうやって話そうかと思っていました」

ヒメリンゴは内心、ホッとした。

だが大事なことは他にもある、大老に協力を頼めるかだ。

「あの、大老様…話を戻します」ヒメリンゴは断りを入れると、彼は快く了承した。

「大老様は儀式に違和感を持っていると聞いて、ご協力を願えないかと思いまして」

「…ああ。私の出来る限りは協力しよう、私の他にもラニュイが手を貸したのだろう？」ヒメリンゴの申し出に、大老は答えが決まっていたようにすんなりと快諾した。

最初はどうなることかと思ったが、順調にことは運んでいく。

ヒメリンゴは泣きそうな位、胸がいっぱいになった。「ありがとうございます」ヒメリンゴは何度も大老に礼を言った。

「それで、ラニュイはどう協力したのだ」

「ラニュイ様には権能を頂きました」権能と聞いて大老は驚いていた。

「…ふむ。では君は花摘みの儀式で薔薇の女王をどうやって追い込むつもりかね？」

「…恥ずかしながら、そのまま強行突破くらいしか考えていませんでした」

ヒメリンゴは申し訳なく、頭を掻いた。それでは折角もらった権能も、使いどころを間違ってしまうだろうと大老はヒメリンゴを不安げに見つめた。

全くその通りだ、ここまでたどり着くことばかり、考えていたからだ。思案しているのか思い詰めるヒメリンゴに大老は言った。

「…ならば私は儀式の最中に、そのきっかけを作ろう。…あとは君の直感と行動力に任せる、もとより君は理屈よりも本能で動くタイプなのだろう」少しの間でヒメリンゴはすっかり、考えや行動を見抜かれていた。ラニュイが亀の甲より年の功と言っていたが、本当だ。ヒメリンゴは大老の観察眼に感心してしまった。

彼が作るきっかけとは。大老は花摘みの儀式に祝辞を述べるために出席する、その祝辞でダマスクローズの悪事を暴こうというものだ。ダマスクローズの代になってから、不穏な空気を察していた彼は、独自に彼女を追っていた。

「アヴァロンが体調を崩し、儀式にまで参加できなくなった。だが儀式まで一か月と目前にしての中止には出来ない。前回まで最高神不在で行われていたのもあって、アヴァロンの腹心であるロベリアが司祭とのやり取りをしている」

とても不可解だろう、眉をひそめて言う。「そうですね。最高神様がダマスクローズに宛てた書状も後から見つかったものですもんね」ヒメリンゴも同じように眉をひそめ、顔をしかめていった。

ほほう、大老はますます不可解だと言った。

「アヴァロンが二人に書いていたとは思えんな、アヴァロンほど純情で一途な男はおるまいと思っていたが…アヴァロンの周りに内通者がいるのだろう」大老はそう言い切る。

ヒメリンゴは大老の凄さにますます感心してしまった、落ち着いて的確に状況を見極めている。この神が味方になってくれたことはヒメリンゴ達にとって大きな収穫である。

大老と次に会うのは、儀式の当日だ。オルディネ家の宮殿を出るとき、大老はヒメリンゴを門まで送っていった。気難しく、偏屈で知られる大老が来客を見送るなど、長年仕える従者でもあまり見たことがない光景だ。いや寧ろ、全く見たことが無かったかもしれないというくらい珍しい光景だった。

「あの、大老様どうして本当の事を私に教えてくれたんですか?」

「本当の事というのは、私が感じている罪悪感のことか」ヒメリンゴは頷いた。

「私の周りに、ロキのことをここまで気に掛ける存在はいなかった。他の事情もあったが君なら私の罪を話しても良い気がした。歳を重ねると意固地になってしまう、もっと早く気が付けばよかったものを…君に話せたことは私の救いになった」

感謝すると大老は頭を下げた。門番や周りの従者たちは、明日、嵐にでもなるのではないかと思うほど、彼の行動に仰天している。

「救いなんて、そんな大そうなことしてないです」

「…いや、君は他者を無意識にそうさせるのかもしれない。それは才能だと思うがね」大老は謙遜するなと言わんばかりに、ヒメリンゴを褒め称えた。褒められることが少ないヒメリンゴは照れくさくなってはにかんだように笑った。

「ありがとうございました、では儀式の日に」ヒメリンゴと大老は固く握手を交わした。

冥界へと戻っていく空馬車の姿を見えなくなるまで、大老は見送った。

気になっていた門番は大老に聞いてみた。

「あの娘は一体、何者なのですか？」

「ああ、彼女は…孫の婚約者だ」大老の表情は穏やかで、がんじがらめの糸が解かれるように心に安らぎを感じるのであった。

空馬車の中で、ヒメリンゴも今日の成果の喜びを嚙みしめていた。

行く間際にロキが伝えた、ブーゲンビリアの言葉を思い出す。

〝最後まで自分を信じて、貫き通して〟

「今日の私はよく頑張ったよね、ブーゲンビリア…」彼女の言葉を思い出すと瞳にじんわりと涙が出てくる。ヒメリンゴは冥界に着く前に涙を拭いた。


冥界に着くと、ラニュイの神殿の前にはロキとラニュイが待っていた。

「ラニュイ様、ロキ様。待っていてくれたんですか？」

「ヒメリンゴ君、お疲れさまです。それにしてもドレスよく似合っているじゃないですか」ラニュイは笑って出迎えた。その後ろでロキが「お帰り」と小さく言った。

「…ただいま戻りました」まだ冥界に来てからあまり経っていないのに、ヒメリンゴは出迎えられる安心感を覚えるのだった。


早速、オルディネ家の大老が協力してくれることを報告すると、その成果にラニュイもロキも驚いていた。

「…あの大老殿がすんなりと了承して下さるとは…ヒメリンゴ君なかなかやりますね」

「…お前が行って正解だったのかもな」ヒメリンゴはロキの顔をみると首を横に振った。

「大老様はロキ様に恨まれこそすれ、恨むことはないって…オルディネ家を守る為にロキ様に全ての罪を押し付けたことを今、とても後悔していると言っていました」

何を今更と思ったが、天界の創生から続く大家を守り通す覚悟と、責任に苦しむ大老の姿をロキは想像した。オルディネ家の地下牢に何十年も幽閉され続ける父もその重圧から逃れたかったのかもしれない。父も祖父もそれなりの苦しみを味わったのかもしれない。

「…なんと言うべきことか言葉がわからない。全てを水に流すことは出来ないが、大老との関係が修復することは、嬉しく感じる」

ラニュイはオルディネ家とロキの確執の解消に一歩近づいたことに心から喜

んだ。

「あとは儀式でダマスクローズの陰謀を阻止出来れば、ヒメリンゴ君の望みも叶い、ロキは秩序の神の正当な後継者となる。万々歳ですね」ラニュイはパチパチと手を打って喜んだ。「これからが本番なのですよ」とロキは楽観的なラニュイに冷静に言った。

「僕は人や神を見抜く力に優れていると思うのですよ。自分で言うのも何ですがね…。君たちはとても優秀ですよ。自分自身が自分を見れないだけで、君たちならやってのけるでしょう」ねっ！　とヒメリンゴにラニュイはウインクをした。


ダマスクローズが他にどのような、手を打っているのかはわからないが。

オルディネ家の大老という協力者を得て、ヒメリンゴにはラニュイから貰った権能もある。

これはまさしく最終兵器だ。出来る限り使わない方向で考えたが、捕まえて説き伏せられる相手なのか微妙なところ。大老が言っていたように、ヒメリンゴは理屈よりも本能で動くタイプだ。自分の行動力と直感を信じてみよう、彼女はそう思った。

翌日、アヴァロンの腹心ロベリアの身辺調査をしていたサイプレスが戻ってきた。

「すまない、サイプレス。門番の業務の合間に、助かった」ロキは到着したサイプレスに労いの言葉をかける。そういえば姿をあまり見なかったと、ヒメリンゴは思い出した。

「大変だったっすけど、ロベリアさんは薔薇族と繋がっていることで、間違いないっす」

ロキがロベリアに感じた違和感は本物だった。「確か大老様も、内通者がいるって言ってましたよ」思い出したように、ヒメリンゴも口に出した。

「だがロベリアが薔薇族と組む、理由はなんだ?」

「…ロベリアさん自身が、命に関わるような病気でしかも余命を宣告されているとかで、薔薇族の持つ秘薬と引き換えに、取引をしたそうです」

「それで叔父上に手をかけたのか……」ロベリアの気持ちを真っ向から否定は出来ないが、生来からの腹心が主を裏切った行為に激しく憤りを感じ、落胆した。

「俺、下界と天界を行き来して情報を集めてたんですけど、下界で百合族の末裔と薔薇族の被害者達が反乱軍作ってたんで。そこでダマスクローズの情報を集めてきたんですよ」

ヒメリンゴはサイプレスの言葉に百合族と出てきて、目を丸くする。

「百合族、その反乱軍にカサブランカっていた？」

「ああ、カサブランカはその反乱軍を率いている女大将だ。百合族王家の末裔らしい」

ヒメリンゴはカサブランカ達が無事に反乱軍を結成していると聞き安堵した。

反乱軍の中には、ダマスクローズの気性の荒さについていけず、薔薇族から反乱軍に来た者も多数いた。少数だった反乱軍は、薔薇族の王政に不満を持つ者も取り込み、しだいに人数を増やしていった。人が集まることで、たくさんの情報が集まる。サイプレスはそこでダマスクローズとロベリアの取引を知るのだった。

数日前。

カサブランカを筆頭に薔薇族へと反旗を翻した百合族達は、反逆するきっかけを作ったグロリオサを救出するべく王都へと進行をしていた。

「百合族が反乱軍を結成しただと？」

「今更、反乱軍など…ダマスクローズが降嫁すれば反逆者どもを一気に粛清出来る。今は捨ておけば良い」ダマスクローズの儀式の準備に追われている薔薇族は百合族の反逆行為など無意味だと侮って、然程気にも留めなかった。カサブランカはこれを好機と思いつつも、したたかな薔薇族に油断せず。着実に軍の強化と歩を進めた、出来る限り平和的に和解したいが、それはほぼない。相手は毒殺に長け、一部の人間は魔術の素養もあるという、兵力差もまだまだ及ばないが、王都の民を説き伏せることが出来れば、神の権能が無くとも薔薇族の王政を陥落させられる可能性がある。彼女は薔薇族からの反逆者を切り札に考えていた。

〈私達を甘く見ているのね、私はもう逃げないわよ〉

成功する保証はない。だがカサブランカの考えに賛同し、命を預ける覚悟で反旗の下に集った仲間達は彼女ならやり遂げると、そう信じていた。

〈割り切っているのは、逃げているのと同じだ〉

カサブランカの胸に秘めた思いは、グロリオサの言葉と彼女の命を懸けた行動力によって突き動かされた。

〈報復に失敗してもいいんだ。私の死で誰かの心に火が付けられたならそれでいい〉

カサブランカはグロリオサの言葉を思い返していた。彼女の心に薔薇族へ反逆のする勇気を与えた。突き刺さった言葉をもう一度、自分自身で刻み込む。

〈私がもっと早く動いていれば、こんなことにはならなかった。動けないと理

由をつけて、足掻こうともせずに我慢して、祈るだけでは何も状況は変わらない)

(死んでしまった百合族達の為に、私は王家の末裔でありながら彼らの死を風化させてしまうだけだった)

何の為に我慢するのか。それは自分を守るために傷つくことを恐れ、聖職者としての責務だと言い訳にして、本当の意味での戦うことから逃げてきた行為は、王権を継ぐ者としてはやってはいけない事だと彼女は気が付いた。

本来なら薔薇の女王を討つべきなのは百合族であるはずなのに、その大役をヒメリンゴが買って出た。その後押ししか出来なかったと自身の不甲斐なさにカサブランカは自らを責め、そして戒めのように立ち上がったのだ。

(グロリオサとヒメリンゴ。彼女たちのように私も命を懸けて戦う!)

真っ直ぐに前だけを見つめて、王都へ向かって歩を進めていく。その表情には以前のような清楚さだけでは無く、困難に打ち勝ってみせるような芯の強さを感じとれる。

「…お嬢様、顔つきが随分変わられましたね」ヤマユリがカサブランカの顔を見て言う。

「そうかしら…彼女達に比べたら全然よ」カサブランカは首を横へ振り、申し訳なさそうに眉をひそめた。

「確かに婚約したと言いに来た、ヒメリンゴの顔つきほど変化はありませんが…。お嬢様の今の表情には、百合族王家としての覚悟が見えますよ」

「…祈るという行為は悪いことではないわ。でもそれに甘んじてはいけない、祈るだけでは誰も救われないし、王が民衆の先頭に立たなければ、民の代表として戦って示さなければ…何も変わらないのだと、そう気が付いたの」カサブランカの言葉にヤマユリは瞳を潤ませた。百合族というだけで虐げられてきた長い時間、我慢を重ね耐えてきた百合族達にとって、カサブランカという象徴はまさしく希望の光になっていた。

反乱軍に協力した薔薇族たちは、口を揃えてこう言う。

「私達はとんでもない怪物を作り上げてしまった…」と。

ダマスクローズは薔薇族の最高権力者であり、この国の女王である。誰も彼女の間違いを正そうとはしなかった。物心つく頃には彼女の残忍さが目立つほどに、一度形成された人格を矯正し、正しき方向へと向かわせるには、もう遅かった。彼女は他者への痛みをわからない。人を殺すことに何の躊躇もせずに自らの王道を突き進んでいく。

彼女に言わせれば、「誰も間違っているとは言わなかったもの」と返されてしまうだろう、まったくその通りかもしれない。彼女は薔薇族のエゴに飼い慣らされ、ついに手の負えなくなった怪物。ある意味彼女は可哀想な女王なのだと。薔薇族は思い詰めた様子で語った。

百合族の末裔達は彼女を可哀想などとは考えられないだろう、それでも薔薇族達は良かった。薔薇族を陥落させ、ダマスクローズに引導を渡す。それはここへ賛同した薔薇族の償いであり、百合族たちの願いでもある。非公式であるがここに、薔薇族と百合族の協定は結ばれた。反乱軍の結束力は高まり、士気も上がる。

「カサブランカ殿。是非とも我々をお導き下さい、我々も全力で協力致します」薔薇族の一人が言った。

「…私が導くのではありません、この反乱軍が一丸となって新しい時代を導きましょう」

カサブランカの言葉を受け、薔薇族、百合族の垣根を越え反乱軍は一つになっていった。


集まった反乱軍の中で話を聞いているうちに、サイプレスは筆頭であるカサブランカの元へ辿り着いた。

「貴方の望む情報はありましたか？　冥界の門番さん？」

「…一応、素性は隠していたんすけどね。バレていましたか…」サイプレスは偽名を使って反乱軍と接触していたが、カサブランカの慧眼には御見通しだったようだ。

「…私がまだ幼かった頃、冥界下りをしようと試みたことがあったのです。恐らく貴方の先代の門番の方でしょうか、入り口で追い返されてしまいましたが。貴方はその方に少し似ているような気がしたもので…」カサブランカは過去を遡り、記憶を辿って彼とサイプレスを照合させていた。

「…貴女の慧眼は素晴らしいっす。先代は年の離れた俺の兄。二十も離れていたもので、似ているなんてあまり言われない、よくわかりましたね」サイプレスはカサブランカが先代を務めた兄を知っていることに驚いた。そして彼女のような清廉潔白な人間、ましてや幼い時期に何故冥界下りを試みたのか、気になった。

「…なんで冥界に行こうと思ったんですか?」

「…冥界へ行けば、亡くなった両親に会えるのではないかと思って…七歳だった当時から親の仇よりも、百合族の復権よりも、早く死んでしまいたいと考えていたのです。私の心は弱さ故の甘い考えでした」

「…七歳って、ほんと子供じゃないっすか」サイプレスは彼女の伏し目がちな横顔に潜む、懺悔する姿を垣間見たような気がした。子供の一時の気の迷いだとしても、七歳だった彼女が選択した過去をサイプレスは、一概に悪いものだとは言えないと思い。それ以上の言葉は見つけられなかった。

「子供の時の方が、今の私よりも貪欲で、勇気があったわ。私は新月の晩に石門をくぐることに何も躊躇しなかった。ここをくぐれば両親に会えるとすら思っていたの。冥界の門の入り口に立つとそこに彼はいたのです」

「…プラタナス」

サイプレスがそう言うとカサブランカは感慨深そうに「そんなお名前だったのですね」と言った。

冥界下りをする人間の大半は、大人だった。十代でも珍しい方である。ましてや七歳とは異例中の異例だった。冥界の入り口に降り立ったカサブランカに、物腰の柔らかそうな印象のやせ型の門番が驚いた様子で駆け寄ってくる。

「…ここは冥界？」幼いカサブランカは物怖じせず彼に尋ねた。

「ここは冥界の入り口。ここは生きた者は入ってはいけない場所なんだ。来て早々に悪いけど帰ってもらえるかな？」

「今、死ねば入れるの？」カサブランカの唐突な質問に彼はどう答えていいか、考えあぐねていた。子供を納得させられるような言葉は思いつかない。彼は茫然と立ち尽くすカサブランカの手を取り、下界に連れて帰ることにした。彼女は抵抗せず、華奢な手を繊細に掴む彼の骨ばった手を見た。緊張から少し汗ばむ掌がじんわりと温かい。

「…君は今、死ぬべきじゃない。生きるべきだ」道すがら彼は、何度もその言葉を繰り返した、本人は一杯いっぱいで何度も言っている自覚は無いようだが、必死に語りかけるその様子にカサブランカも冥界下りのことなど、どうでも良くなってしまっていた。

「…もう死ぬなんて言ったら、駄目だよ。君はまだ絶望するには早すぎる」彼はそう言って、冥界へと戻って行った。

そのあと、夜な夜な探し回っていたヤマユリにこっ酷く怒られた。とカサブランカは笑って言った。

「良かったです。貴女を引き留めることが出来て。兄も喜んでいると思います」

「…ええ、ですがお兄様にはご迷惑をかけてしまったわ。でも今思えば、彼に生きろと言われなければ、今こうして生きていることも無かったのかもしれない。私は表向きはしっかりしているように見られているけれど、本当はとても無力で、逃げてばかりの人間。自分に自信がなくて、勇気がなくて、逃げてばかりだった」

「何言ってるんですか、今は違うでしょう？　反乱軍の筆頭」

「ええ、今は違います。私は百合族王家の末裔としてその責務を果たすべくここにいるのだから」彼女は即答した。

（私は気が付くまで時間が掛かり過ぎてしまった、でも今からでも遅くはない。やれることをやってみよう。ヒメリンゴならきっと上手くやる、私は私なりの

出来ることをやろう)

カサブランカは王都へ向かって突き進んで行く。サイプレスは凛々しく、たおやかな麗人の後ろ姿を見送る、亡き兄の功績を称え、心の中で祈った。

(プラタナスどうか彼女を守って下さい)

望む情報も得られ、彼は満足そうに冥界へと戻っていった。

「反乱軍に合流した元薔薇族から聞きました。ロベリアさんは秘薬と引き換えに、アヴァロン様に毒を盛った。ブーゲンビリアが死亡したことでアヴァロン様がショックを受けることはわかっていたし、具合が悪くなる程度の毒なら精神的な病の扱いで済む…」

「…言葉も出ないな…」

サイプレスの報告にロキはロベリアに腹が立って仕方がなかった。その後ダマスクローズへの書状を偽装し、儀式に参列できなくするまでロベリアはアヴァロンに毒の投与を続けていた。ロキがアヴァロンの元を訪れた時には、アヴァロンは声も発することが出来ないほど悪化していたのであった。

「…酷い」ヒメリンゴはサイプレスの話にその一言しか、出てこなかった。

ロキはロベリアへも、それを利用しているダマスクローズにも怒りが込み上げている。

ヒメリンゴはダマスクローズの残酷な本性を再確認した。怒りと不安の入り混じるような難しい表情のヒメリンゴにサイプレスは言う。

「下界の薔薇族は反乱軍が何とかしてくれる、彼女はもう寂れた教会のシスターじゃない。新しい時代を作る王だ」

その言葉に心の底にある火種を思い出す、燃える、燃えていく。

（私も…頑張らないと、皆が報われるために）

ブーゲンビリアの無念と、グロリオサの勇気と、カサブランカの決意。儀式直前に花嫁を失ったアヴァロン、叔父を私欲の為に殺されかけているロキ。

たった一人の蛮行で次々に起こった理不尽な悲劇に、ヒメリンゴは火種に怒れず薪を一つ、また一つとくべていく。

ヒメリンゴは呟くように言った。

「あの人を神にしてはいけない」

「…ああ。いっそ…」殺してしまおうか。とロキが言おうとしたのが、ヒメリンゴにもわかった。ロキが言おうとしたのに合わせ、「私が消します」そう言った。

ロキは権能の事だと直ぐにわかった。

「お前一体何の権能をもらった、強力な権能なほど代償があるのだぞ」

強い口調で追及するが、ヒメリンゴは権能についてロキには教えなかった。

ロキは代償がある権能を使うことを気にしてしまうだろう。

ヒメリンゴなりの気遣いのつもりだった。

「大丈夫です。使いどころは間違えません」意を決した声で彼女は言うのだった。

9　ヒメリンゴとダマスクローズ

いよいよ、花摘みの儀式当日となった。

ヒメリンゴはオルディネ家の大老に会った時に着た、桜色のドレスをまた着ることに決めた。ロキやラニュイには違うものに、すればいいのではと言われたがヒメリンゴにとって、このドレスが自分を守ってくれる防具のような、戦うための戦闘装束のような気持ちで着ていた。それに同じほうが、大老に会った時にわかりやすいはずだ。

仕度が調い、神殿の前に用意された空馬車の前でロキが待っていた。

「あれ、ロキ様前髪…」今まで散々モサモサだと弄られていた、ロキの長い前髪は儀式に合わせて切られていた。全体的にくせ毛でボリュームのあった髪型も、すっきりと整えられている。

黒の婚礼衣装に身を包んだロキに、彼の普段の野暮ったさは一かけらもなかった。

　隠れていた深青の瞳がよく見える、ヒメリンゴはロキの変貌ぶりをまじまじと見つめた。

「…お前、俺が髪を切っても見るんじゃないか」

「儀式が終わったら婚約解消するんですから、今のうちに目に焼きつけておこうかと」

「…そうだったな」ロキはヒメリンゴが冥界に来てからの一か月で随分と、心を許してしまった気がした。自分で契約だと言っておきながら、前髪弄りからオルディネ家との確執問題まで、彼女がロキに与えてきた影響は大きかったのだ。

　ヒメリンゴもがむしゃらに走り抜けてきた一か月だったが、冥界でロキと過ごす時間が思いのほか楽しかったことを認めざるを得ないほど、彼女の中でロキの存在は大きかった。

　お互いの存在の大きさに改めて気が付かされる。

空馬車に乗り込むと、ラニュイが見送りにやってきた。

「本当は僕も行きたかったのですが、冥界を離れるわけにもいかなくて。ロキ、くれぐれも無理のないように、アヴァロンを頼みます」

ロキは「はい」と真摯に受け止めた。

「ヒメリンゴ君、君がどうなっても、冥界で待っていますから。安心して下さい」

ラニュイはヒメリンゴが権能を使うと考えていることがわかったように、見送った。

ヒメリンゴはこくりと頷いた。

空馬車を走らせるのは、今回はサイプレスが担当している。

冥界から天界までの道は同じ距離のはずなのに、今日はこの前よりも長く感じた。

「…なんかあっという間でした」唐突にヒメリンゴは言った。

「ああ…早かった。生きていてこんなに早く時間が過ぎた感覚になったのは、本当に久しぶりだった」ロキは左手の指輪をしみじみと眺めていた。

「もう着きますよ」サイプレスが声をかけると、天界に空馬車は降り立った。

会場となるアヴァロンの宮殿内の大広間には、続々と儀式に参加する神々と、その花嫁候補達がやってきていた。ロキとヒメリンゴは婚約し、もはや事実上結婚しているようなことになっているが。ここにいる神々と花嫁候補達はここで初めて婚約したことになる。

花摘みの儀式とは平たく言えば、集団結婚式なのだ。

この世界の創成期に天界の神が野辺（下界）の花の中から伴侶を選んだことが始まりとされる。故に花摘みの儀式と呼ばれている。

アヴァロンの宮殿は、ヒメリンゴの知るラニュイの神殿と、オルディネ家の宮殿の両方とも違う造りだった。最高神の居城、絢爛豪華なことはわかっていたが、豪華過ぎて気が引けてしまうほど、だが品が良いところがまた素晴らしかった。

(本当はここにブーゲンビリアが来るはずだったのに)ヒメリンゴは、今は亡きブーゲンビリアがアヴァロンとここにいる姿を想像していた。隣にいるロキもアヴァロンの姿がここにいないことに、やるせない気持ちになっている。

ロキは会場に、ロベリアの姿を見つけた。サイプレスが言っていた通り、彼は大病を抱えているらしく、以前よりも痩せている気がする、顔も青白く、具合は悪そうだ。

「ヒメリンゴ、少しロベリアと話をしてきていいか?」ヒメリンゴは「わかりました気を付けて」とロキを送り出した。

開会までは時間がある、ロキはロベリアの後を追うと、廊下を歩くロベリアの姿を見つける「ロベリア!」ロキの声が聞こえると、彼は青白い顔で振り向いた。

「…これはロキ様、貴方も儀式に参加されていたのですね」顔色は悪いが口はまだ達者のようだ。ロキはロベリアを睨み付けた。

「お前、叔父上に手をかけたそうだな。薔薇族の秘薬などと虚言に振り回され、毒を意図的に盛った…どうして叔父上を裏切った」ロキは悲痛な表情で訴える。

「…ご存じでしたか、いや。もう私が薔薇の女王と内通していると、見舞いに来られた時から、貴方はわかっていたのでしょう。…」ロベリアは自虐ともとれるような、物言いで答えた。今の彼は寡黙で感情を見せない、冷徹な男の顔ではなかった。

「…俺はお前のように、寡黙で真面目な考えを持つ者に親近感を持っていた。だから余計に叔父上を裏切った行為に落胆した」ロキの深青色の瞳が揺れている。

「私は貴方が思っているほどの者ではないのですよ。悪魔に魂を売った愚か者なのです」

ロベリアの言葉に嫌気がさす、儀式当日を迎えて開き直ってしまったように見える。

ロキは湧き上がる怒りを抑えきれずに、ロベリアの胸倉を摑んだ、ロベリアは抵抗しなかった。痩せ細った彼の首は血管が浮き出ているほどだ、彼の病状の深刻さを物語っていた。

ロキは彼の病状を察すると、摑んでいた胸倉を解放した。

「殴らないのですか？　…貴方も…我が主もお優しい方だ」ロベリアは乱れた襟を整えながら言った。

殴らなかったロキに対する皮肉ではなく、今の言葉はロベリアの本心から零れ落ちたものだった。（ここまで露呈しているのなら隠す必要はないだろう）もう悪でいることに疲れてしまった。ロベリアはそう思い本心をさらけ出す。

ロキは込み上げる怒りを、手の中におさめた。

「…死に際の者に手を上げることは出来ない。それにお前はまだ報酬の秘薬とやらはまだ貰っていないのだろう？」ロベリアは深く頷いた。

ブーゲンビリアが死んだことを聞き、アヴァロンの元へロキが見舞いに訪れた時よりも彼の様子は明らかに、悪い方向へと進んでいる。

「儀式が終わってから渡す…そう言われましたが…俺は大馬鹿者だ」ロベリア自身も途中から、ダマスクローズは万能の秘薬など渡すつもりはないと薄々感じていた。

主を手にかけた罰だ、自分を心から信頼してくれたアヴァロンの期待を裏切ってしまったのだから、それ相応なのだとロベリアは思っていた。

「ダマスクローズ…どこまでも性根の腐った奴だ」ロキは吐き捨てるように彼女を軽蔑した。おそらく秘薬も本当は存在せず、儀式が終わったあとに秘薬と称して毒をロベリアに渡すつもりだったのだろう。ロキはそう推測した。

「私が誘いに乗ってしまったばかりに…詫びて収まる問題ではありませんが」

ロベリアは額を床につけて、ロキの前に謝意を表する。ロキは「俺ではなく叔父上に謝ってくれ」とロキはロベリアの体を起こした。

「…神も人も死を目前にしたら、正当な判断など出来ないと思う。生か死かの選択は自由だ。生きる望みがあるのなら縋りつきたい、それは生きる為の本能の選択だったのだろう。お前が叔父上にしたことを許しはしない。…だが生きたいと本能で願ったお前を憎みもしない」

「きっと、叔父上も同じだろう」ロキはそう言って、ロベリアの肩を叩いた。

「はい…」ロベリアは噛み締めるように返した。冷徹だった男の涙は、氷塊のようだった心がじわじわ溶け出すように瞳から流れ落ちるのだった。

ロキはロベリアの人間味が溢れる様子にもう大丈夫だろうと、確信した。もう道は間違わないだろうと。

ロキはヒメリンゴの待つ会場へと戻って行く、ロベリアはロキの後ろ姿に再度頭をさげるのだった。

「ロキ様！　もう始まっちゃいますよ！」ヒメリンゴが姿を見つけ、駆け寄ってくる。

「悪い、話し込んでしまったようだ…」ロキが戻ると会場は集結した神々と花嫁候補達で更に賑やかになっている。「…騒々しいな」ロキはボソッと呟いた。

「あ、大老様」ヒメリンゴは大老が来賓席にいるのを見つけた。

来賓席は広間の右側に設けられていた。参列する神々に阻まれ、来賓席に行くことは出来なかったが、ヒメリンゴは大老に控えめに手を振った。

ロキはばつが悪そうに、ヒメリンゴの様子を見ていた。大老が手を振り返し、ロキは大老に向かって目礼すると大老は小さく微笑していた。

「大老様、なんか嬉しそうでしたね」ヒメリンゴはにやけ顔で言った。ロキは恥ずかしそうに顔を背けて、見られないようにしている。

「そうか？」とはぐらかすロキに、ヒメリンゴは肩を震わせて笑っていると、

「ニヤニヤするな、似非淑女」ロキは指さきでヒメリンゴの頬を小突いた。

「そういえば…」とヒメリンゴはロキにロベリアの事を聞いた。

「…ロベリアはもう大丈夫だろう。病状は深刻そうだったが、ラニュイ様あたりなら何か知っているかもしれない」

「ロベリアさんも…被害者なんですね…」ヒメリンゴはダマスクローズが会場入りする姿を見つけ、目で追う。「ああ。利用されていた。あの女に」ロキも

同じ対象を目で追う。

会場入りしたダマスクローズに見惚れる神々、憧れる花嫁候補達。

純白の豪華なドレスに身を包み、薔薔薇色の美しい髪を下ろす。星の輝きのような宝石が彼女を彩っている。

圧倒的だった。神さえも凌駕する美しさは万人を魅了し、悪魔的とも言える。

(皆、騙されている。この人に)

ヒメリンゴは悠然と歩く彼女に、もう惑わされることはなかった。ヒメリンゴの瞳には人の皮を被った悪魔の姿が映されていた。ロキは沈黙しているが、視線の先にダマスクローズを刺して、冷たく見ていた。

ダマスクローズは会場の空気に酔いしれていた。

彼女の悲願はここで達成されるのだ。彼女は高揚していた、これで神になれると。

(アヴァロンが使いものにならなくなってしまったけど、権能なんかなくても最高神の妻の座があればいいわ）　彼女は歪んでいる。

（私に逆らえる者はいない。逆らえば消せばいい。気に入らなければ何もかも壊してしまえばいい。皆、本当の私を知らないのだから）　彼女は壊れている。

（皆、本当の私を見ようなんてしないのだから）　彼女は閉ざしている。

（私を見て。女王じゃない私を見て）　彼女は見失っている。

彼女は孤独だった。


神と花嫁候補は整列し、来賓達は席へ着いた。

白と赤の祭服を来た薔薇族の司祭が正面の壇上に並んだ。

開会のファンファーレが鳴り響いた。

「これより花摘みの儀式による婚約の儀を開催致します」

祭服をまとった司祭が、声高らかに宣言した。

儀式が進んでいき、ここから来賓たちの祝辞を延々と聞かされるわけだ。

ヒメリンゴとロキは、大老の番になるのを今か、今かと待っていた。

ヒメリンゴは緊張の面持ちで来賓席を見守った。

拍手と沈黙が何度か繰り返されると、

「次は、先々代秩序の神、ヴェルデ・オルディィネ様より御祝辞を賜ります」

儀式司祭の紹介があり、大老は壇上へ立った。盛大な拍手が起こる。

大老は一礼して祝辞を読み上げる。ヒメリンゴは祈るように両手を前に組む。

ロキは目を逸らすことなく、大老の姿を見つめていた。


「本日は多くの神々と花嫁の門出に、参列出来ることを喜ばしく思っている」

「このような門出の日にこの場を借りて、謝罪したいことがある」大老は離れているロキを見た。真剣な面持ちで真っ直ぐに彼だけを見ている。

「私は我がオルディィネ家の名誉を守る為に、自身の孫に異界の邪神の名を付けて、何も知らない彼に罪を着せた。彼は邪神ではない、私が邪神にしたのだ」

会場は騒然とした、司祭が「御静粛に願います」と一喝し、場を収めた。

大老は続ける。「古き慣習に捉われ、人との混血を許さなかった我がオルディネ家は、変わらなくてはならない。自身の孫とはいえ、彼の名誉を大変傷つけた、許されざる事だとここに公表し、謝罪する。ロキよ、大変申し訳なかった」大老が深く頭を下げた。

ロキは茫然として、言葉が出ない。

「…そして公表と同時に、我が孫ロキをオルディネ家の後継者とする」

会場から惜しみない拍手が送られた。ヒメリンゴは感動して泣きそうになった。

ロキは何も言わなかったが、深青色の瞳が僅かに潤っているのは、涙のせいだろう。

拍手が鳴りやんだ。

大老はヒメリンゴとロキを見て、目礼した。ここからだと言わんばかりに。

「…盛大な拍手に感謝する」大老は再度、深く礼をする。

「最後に一つ申し上げたい、この会場には、私と同じく詫びねばならぬ者がいる」

大老の言葉に、再びざわつく。大老はダマスクローズを見た。

「…最高神花嫁候補の突然の自殺、最高神の体調不良による儀式の欠席。後から出てきた最高神のもう一つの書状…君はこの件について何か知っているのではないかね？　薔薇の女王・ダマスクローズ！」

会場はドンっと振動するように騒然とした。壇上の儀式司祭は顔を真っ青にしている。

「ご、御静粛に、御静粛にお願いします！」司祭の声は届かない。

ダマスクローズの顔が引きつった。

「…知っていることは何もございません。何かの間違いでは？」彼女は平静を保ったまま答えた。大老はダマスクローズから視線を外さない。

司祭は大老を退席するように、促すが彼は退こうとはしなかった。

「証拠がありませんわ、私は何もやっておりません」彼女はっきりと言い切った。

「では、私が証言致します」壇上に出てきたのはロベリアだ。

ロキはロベリアの登場に黙って頷いた。ヒメリンゴは実際に会ったことはなかったが、彼がロベリアであることは、ロキの反応でわかった。

（あいつ、よくも！）ダマスクローズは唇を嚙み締める。

「私は自分の病を治す秘薬と引き換えに、薔薇の女王と取引をしました」

「な、何を！　何を今更」会場の視線は一気にダマスクローズへと注がれる。

更に騒がしくなった会場に、司祭では事態の収拾はつかなくなった、大老が皆、静粛にと収める。

「私は秘薬と引き換えに、アヴァロン様に毒を盛るように指示され、儀式へ参加出来ない状態に致しました。その後、花摘みの書状を偽装し、保険の為にアヴァロン様がご用意していたと嘘の情報を下界、天界へ流しました。薔薇の女王は最高神に選ばれた者ではありません」ロベリアはアヴァロンへの償いの気持ちから、自らの罪も含めダマスクローズとの取引の全容を告白することを決めた。

「何を言ってるの？　この男の言っていることはおかしいわ！」ダマスクローズが声をあげると司祭達は、大老とロベリアを壇上から追い出そうとする、ロベリアはふらつきながらも大老を庇いながら、会場から出て行く。数人の司祭が彼らを追いかけて行った。


ダマスクローズの周りにいた神々や花嫁候補達は、蜘蛛の子を散らしたように周りから離れていく。注がれていた羨望の眼差しはもはや無い。

「違う、全部違う！　私は違うわ！」必死に主張する姿が余計に、彼女の罪を誇張させている。沈黙を貫いていたロキが口を開いた。

「黙れ。自らの手は汚さず、余命僅かなロベリアを利用して最高神を手にかけたのはお前だ」怒りを抑えていたロキは猛然とダマスクローズに抗議する。

ヒメリンゴはロキの出方を窺っていた。

「…利用してないわ。あいつの妄言よ」ロキはダマスクローズを冷たく睨み付ける。その瞳は冷たい深い海の色だった。「…お前は、あの時の…」ダマスクローズは言葉を失った。見覚えのある瞳だ。愚族と罵ったあの時の神だ。彼女は思い出した。

「…本当に愚族だったたな、憐れなダマスクローズ」

「うるさい！　うるさい！　うるさいのよ！」

ロキのその言葉に、ダマスクローズは発狂し、会場から逃げた。

混乱する会場で、ダマスクローズを捕らえることは難しかった。

彼女は宮殿の内部へと走っていく。

「ヒメリンゴ、追え！」ロキはヒメリンゴに言った。

「はい！」ヒメリンゴは力強く言った。

「俺はこちらを鎮めてから、合流する」ロキは走り出したヒメリンゴに言った。

力を失った薔薇族司祭の言葉に、もはや誰も耳を傾けない。

「落ち着け、神の一柱ならば狼狽えるな」ロキの怒号が響いたのを、ヒメリンゴは走りながら聞いていた。

ヒメリンゴはダマスクローズを追いかける。

ダマスクローズは長いドレスを引き千切ったのか、ドレスの切れ端が散らばっていた。

走っていくと、ダマスクローズの後ろ姿を捕らえた。

「ダマスクローズ！」ヒメリンゴが叫ぶと、ダマスクローズは振り切ったはずの従者以外の刺客の存在に驚いた。ダマスクローズは一心不乱に駆け続ける、引き摺られ、自ら千切ったドレスはボロボロになっていた。彼女を彩っていた宝石も、今となってはただの錘だ。輝く錘を投げ捨て、突き当たりの部屋へ逃げ込んだ。ヒメリンゴも続けて部屋に入る。

息を切らしたダマスクローズは華奢な燭台を持って、ヒメリンゴと対峙した。

「貴女何なのよ…私を捕まえて、手柄でも立てようってわけ？」

ヒメリンゴは黙って、ダマスクローズを見ている。心の底で反逆の火種が、怒りという着火剤によって轟轟と燃え上がっていくようだった。

「何なのよ、答えなさいよ！」ダマスクローズの煽るような言葉にヒメリンゴは答える。

「…ブーゲンビリアを覚えているか？　今日ここに来るはずだったんだ。ずっと楽しみにしてたのに、お前のくだらない欲望のせいで、命を奪われたんだ」

ヒメリンゴの声に怒りが滲む、さらに続ける。

「グロリオサはお前が王都で捕らえた子だ。赤髪に毛先が黄色、私やカサブランカに勇気と反逆の火種をくれたんだ。覚えてないか？」

ダマスクローズは怒るヒメリンゴに震えた。引き下がることを許さないダマスクローズのプライドが彼女を吶えさせる。

「…死んだ人間の事なんて覚えているわけが、な…」ダマスクローズが最後まで言い終わることを待たずに、ヒメリンゴは彼女を平手打ちにした。

予期せぬ事態に狼狽えるダマスクローズをヒメリンゴは冷酷に見つめて言った。

「…このクズ、お前は絶対許さない」ダマスクローズに戦慄が走った。

彼女は燭台をヒメリンゴに投げ付けて、部屋から逃げていく。

投げられた燭台はヒメリンゴの頭をかすめた。

直撃は防いだがこめかみから血が垂れている。

「痛ぁ…。早く追いかけないと」ヒメリンゴは血を拭うと、ダマスクローズを追いかける、部屋を出ると会場の混乱に収束をつけたロキが合流した。ヒメリンゴのこめかみから流れる血をみて、ロキは声を荒げる。

「お前、その血はどうした！」

「ちょっと切っただけです、大丈夫」ロキの心配をよそにヒメリンゴは走り出す。

ロキは止まらないヒメリンゴに圧倒され、それ以上は何も言わなかった。

二人はダマスクローズを追いかける。悲鳴のような声が廊下から聞こえる。

「どうした！」悲鳴の主はアヴァロン付きの従者の一人だった。

「ロキ様！　アヴァロン様が！」

ロキが従者の指さす方向を見ると、そこは叔母の部屋だった場所だった。

「叔父上はどうしてここへ、寝室にいたのでは？」

「今日は儀式の日でしたので、思い出深いこちらに居たいと申されたのです。廊下が騒がしくなったと思っていたら、ダマスクローズが偶然こちらに」

ヒメリンゴとロキは部屋に急いで、向かった。

紫陽花を模したシャンデリアのある、ハイドレンジアの部屋で。

ボロボロのダマスクローズと、アヴァロンが対峙している。

「叔父上！」ロキはアヴァロンの元へと駆け寄った。アヴァロンに外傷はなかったが、毒の影響で体は弱っていた、蚊の鳴くほど小さな声でロキを呼んだ。

ヒメリンゴはダマスクローズと再び対峙する。

「もういい加減に諦めなよ」

「ここまで来て諦められる訳がないでしょ！」ヒメリンゴの言葉を掻き消すようにダマスクローズは言った。

「薔薇族の栄華を絶対的なものにするには、百合族を滅ぼすしかない。最初に悪事を働いた薔薇族がお咎めを受けなかったのは、神格を得ていたから。薔薇族がおかしいと思ったやつを殺したのに、百合族が消えない限り反逆する要素は消えない。私達は一生先達の残した負の遺産を背負わなきゃ生きていけないのよ！」

「…だから何？　そんなの殺す理由になんかならないよ」ヒメリンゴは冷徹に答えた。

「なるわよ！　誰だって邪魔な存在は消したいじゃない、壁を壊したいじゃない！」

ダマスクローズは自分の意見を曲げずに、通そうとする。

「邪魔だから消すんじゃない、かわしてるんだ。壁を壊すんじゃない乗り越えてんだよ！」ヒメリンゴの怒りは爆発した。

いきり立つヒメリンゴにダマスクローズは身を震わせ、叫んだ。

「黙れ！　もういいわ、全員殺してやる！」

ダマスクローズの周りから、紅いオーラのような物が見える。

ヒメリンゴが初めて見る光景だ。

「あの女、魔術の素養があったのか…」ロキが魔術と言ったのを聞くと、ヒメリンゴはラニュイも同じことを言っていたことを思い出す。

彼女を取り巻く真紅の光は、徐々に大きな球体へと変化していった。

「ロキ様、アヴァロン様。逃げて！」ヒメリンゴはダマスクローズに向かっていく。

ロキはアヴァロンを担いで、部屋の外へと退避した。

体を呑み込みそうな真紅の光る球体をダマスクローズが今にも放とうとしている。

「全員、死ねー！」ダマスクローズの狂い叫ぶ声で、球体が放たれる瞬間。

「そうは、させるかぁ！」ヒメリンゴはラニュイから貰った権能を使った。

はち切れそうだった球体はダマスクローズの姿もろとも、消えた。

ガシャン、ガシャンと轟音が響く。

消えそこなった真紅に光る球体の破片が部屋中を切り刻み、紫陽花のシャンデリアを突き落とし破片は完全に消え去った。ロキとアヴァロンは間一髪、部屋の外へ逃げ切った。

「ヒメリンゴ、お前。権能使ったのか…」ロキは部屋の惨状を見渡し、呟いた。

ヒメリンゴの姿は何処にもいない。

「…全てを無に帰す権能か？」アヴァロンは消えいりそうな声で立ち尽くすロキに言った。

「ラニュイ様から権能をもらったと、聞いています。まさかそんな大そうな力を渡していたなんて…知りもしなかった」ロキは茫然とシャンデリアの残骸を眺めている。

砕けた薄紫と薄水色の破片が水面のようにキラキラと輝いて見える。

ロキとアヴァロンはその破片を眺めた。

「叔父上」

「叔父上が言っていたこと今なら少しわかる気がします」

「…運命の話か」

「言葉にはならないが…いないとこんなに寂しいものなのですね」

「はは、心配いらんよ。彼女は冥界にいるだろう」アヴァロンは笑って言った。

「冥界に…」ヒメリンゴはダマスクローズと共に無に消えたのではないと知り、ロキは安堵からか、深青の瞳から一筋の涙を溢した。

「早く冥界に行きなさい」アヴァロンは早くロキに戻るようにロキに言った。

「はい」ロキはそう言うと、冥界へ急ぐのだった。


ヒメリンゴは権能を使うと白い光に包まれた。

その後の記憶は曖昧なままだ。いつの間にか冥界へ戻ってきていた。

「ここは冥界のどこだろう」ヒメリンゴは冥界のどこかに飛ばされてきたらし

い、取りあえず道なりに歩くことにした。

しばらく歩いていくと、見慣れた門の前にやってきた。

「門だ！」良かったとヒメリンゴは一安心した。


「ヒメリンゴ！」声のする方へ振り向くと、そこにはロキが立っていた。

「ロキ様、大丈夫でしたか！　ダマスクローズは？」

「ダマスクローズは消えた。何もなかったかのように」

ヒメリンゴはダマスクローズが消えたことを聞き、胸を撫で下ろす。

同時にこれで契約終了かと感慨深く、そして物悲しい気持ちになった。

（これで全部終わったんだ…）ヒメリンゴは左手の婚約指輪を愛おしそうに見た。

意を決して、口走ってみる。

「ロキ様、指輪返さないといけないですか？」ヒメリンゴは言う。

「返すと言っても、受け取らない。そのままでいい」ロキは顔を赤く染めて言った。

　ヒメリンゴは顔を背けているロキを見て、笑っていた。

「自分で言っておいて、意見を変えるのはと思ったが…ここは敢えて言おう」

　ロキはそう言うと、背けていた顔をヒメリンゴへ向けた。

「…正式に…花嫁になってほしい」

　その言葉はロキらしくない、真っ直ぐな言葉だった。

　愛だの恋だの正直なところよくわかっていない。

　ただ、いないと寂しい。この感情の名前はわからないが、おそらく愛と呼ぶのだろう。

　ロキはそう思っていた。


　ロキの差し出した手をヒメリンゴはとった。

「よろこんで」

　ヒメリンゴは満面の笑みで答える。

このまま冥界にしかいられなくても大丈夫だ。

〝どうか笑顔を絶やさないで…〟

ブーゲンビリアとの約束も守れそうだよ。

ヒメリンゴとロキは冥界の空の下を歩いていった。

10　エピローグ

ダマスクローズの存在が消えたことは、天界から逃げ帰った薔薇族の司祭達によって伝えられた。ボロボロになって逃げ帰った司祭達を待ち受けていたのは、王城を占拠したカサブランカ率いる反乱軍だった。民衆達は嘘だと抵抗する者もいたが、その声は反乱軍に加担した薔薇族によって速やかに終息を迎えた。

「…百合族！　こんなことに…」茫然と立ち尽くす司祭は膝を震わせて、崩れ落ちる。

「薔薇族の絶対王政は終わりました。過去への執着を手放し、新しい時代へと進む時です。百合、薔薇の愚かな争いで幾度争い、何人が死んでしまったのか…貴方がたもわかっておられるでしょう？」カサブランカは強い口調で言った、覇気を感じさせる彼女の物言いに、司祭は黙って頷く。反乱軍の大きな歓声が城全体に響き渡る。その声は捕らえられていたグロリオサの耳にも小さく聞こえた。

「これは…一体」鉄格子に出来る限り顔を近づけて、耳を澄ませば歓声とこちらに近づく足音が聞こえる。グロリオサは足音の正体を知った時、無意識に涙が零れた。

「カサブランカ…」南京錠が開けられ、鉄格子の牢屋から飛び出すグロリオサをカサブランカは抱きしめた。

「遅くなってごめんなさい。私、貴女のお陰で気が付けたわ」ありがとう。カサブランカの瞳からも涙がボロボロと落ちた、子供のように泣いて再会を喜んだ。

再会もつかの間、ヒメリンゴが一緒にいない。

グロリオサはヒメリンゴの事が気掛かりだった。

「ヒメリンゴは大丈夫なのか?」

「…ヒメリンゴは冥界にいるわ」

「死んだ…のか?」

「死んではいない、ヒメリンゴはダマスクローズを討つために冥界の住人となった。そう門番さんから聞いているわ。もう…会えない」

「…あの馬鹿。よく考えてからにしろって、いつも言っていたのに」グロリオサは再び大粒の涙を溢した。

「よく考えたからこの選択をしたのだと思うわ、私達だってそうじゃない」

「そうだな」とグロリオサは静かに頷いた。


反乱軍によって新たな王都へと生まれ変わる。

民衆の意を汲み、百合族だけの王権と誇示しない民主主義のカサブランカの王政は国中から賛同を得た。薔薇族は過去の行いを謝罪し、新たな王に忠誠を尽くすと誓った。


「…っていう感じに下界はなってるぞ! さすが筆頭だな」とサイプレスが満

足そうに下界での近況を報告している。

「カサブランカが国を治めているなら安心だよ、グロリオサも助かったし」ヒメリンゴが嬉しそうに顔を緩ませていると、書いていた書類などそっちのけになってしまう。

サイプレスは意地悪そうに言った。

「…手が止まってますよー。冥王補佐官クラブアップル殿？」

「ヒメリンゴだと箔が付かないから、クラブアップルに改名したらとか。大老様が言うなら仕方無いけど、慣れないのですけど…」


権能の使用によって冥界にしかいられないヒメリンゴをラニュイは、秩序の神の後継者となったロキの代わりに冥王補佐官として仕事を与える事にした。ロキは天界にあるオルディネ家にて大老の指導の下、研鑽を積んでいる。衰弱していたアヴァロンも快方へと向かっていた。病に侵されていたロベリアはアヴァロンに罪を償いたいと懇願したが病状のこともふまえ、現在は静かに余生を過ごしている。「死んで冥界に来たら、馬車馬のように働かせるから」とラニュイは盟友であるアヴァロンに言ったという。


曲がりなりにも冥王補佐官。ヒメリンゴでは箔が付かないからと改名すると冥界ではクラブアップルと呼ばれるようになった。彼以外を除いて。

「仕事の方は順調か？　ヒメリンゴ？」冥界へと度々様子を見に来るロキが言った。

「ロキ様、どんな仕事の仕方してたんですか。全然仕事が終わりません」

「それはお前の気が散漫なだけだ、もっと真摯に励め。あと集中力をつけろ」

「…仕事中毒の神と一緒にしないで下さいよ」

この痴話喧嘩はロキにとって新しい日常だった。次期秩序の神に、邪神と同じ名だからと彼を嗤い、蔑む者は天界にも冥界にもいないだろう。

今となっては、このやりとりすら愛おしくすら感じる。彼はそう思っていた。

「…冥界の住人となって、後悔しているか？」

「…以前は心のどこかで後悔していたかもしれないけど…

今、後悔するようなことが思い浮かびません」

「そうか…。それなら良かった」

「ロキ様は私を後悔させませんでしたから」

今も、そしてこれからも。貴方は私の時間を豊かにしてくれる。

そう信じているから、私はこの手を取ったのだ。

後悔などしない、絶対に。

著者プロフィール

霜月 恵（しもつき めぐみ）

千葉県出身。

幼少期から空想が好きで、いつか自分で物語を書いてみたいと思い、会社員をしながら文章を書き始める。

ヒメリンゴとダマスクローズ

2023年5月15日　初版第1刷発行

著　者　霜月 恵
発行者　瓜谷 綱延
発行所　株式会社文芸社
〒160-0022　東京都新宿区新宿1－10－1
電話　03-5369-3060（代表）
03-5369-2299（販売）

印　刷　株式会社文芸社
製本所　株式会社MOTOMURA

ISBN978-4-286-30104-4